LE
PARNASSE
DIVIN,

DE Mʀ DE CLERMONT.

Du couuent de nazareth.

Contenant,

- LE GRAND MICROCOSME,
- LA PHISIONOMIE,
- LA CHIROMANCE,
- LE ROSAIRE MYSTIQVE,
- LE MIROIR ARDENT,
- LA PARAPHRASE fur l'Euangile
  de S. IEAN.

A TOLOSE,

Par ARNAVD COLOMIEZ, premier Imprimeur ordinaire du Roy, & de
l'Vniuerſité, 1653.

A MONSIEVR

MONSIEVR

IEAN-GEORGE

DE CAVLET, BARON

de gragniague , Cheualier, Con-
feiller du Roy , en fes Confeils
d'Eftat, & priué, Prefident à Mortier en la Cour de Parlement de
Tolofe

ONSIEVR

L'eftime qu'il vous pleut de faire il y a
quelque temps de diuers ouurages de pie-
té , qu'on vous fit voir de ma façon quoy
que faits affez precipitement m'a fait
prendre la liberté de vous offrir celuy-cy

pour vous tefmoigner auec cōbien de foin
ie defire de viure dans voftre aprobation;
vous eftes tellement en admiration à tout
le monde que i'ay voulu vous faire voir
dans la fuite de ces vers que vous deués
admirer vous mefme tout le monde en
voftre aymable perfonne, puis qu'il n'y à
riē de beau dans l'Vniuers que vous ne
poffediez auantageufement, non pas tant
feulement quand à l'ame; mais encore
quand au corps; auffi eftes vous le modelle
parfait de cét augufte cōpagnie de fages,
parmy lefquels vous tenez vn des premiers rangs. Autrefois les anciens ont
creu que ces beaux mots (connois toy toy-
mefme) eftoient venus du Ciel pour nous
aprendre à nous humilier, en reconnoif-
fant l'impuiffance de noftre foibleffe:
mais auiourd'huy j'ofe vous prefenter ces mefmes paroles, non pas pour
vous faire auoir des fentimens de mefpris & d'humilité pour vous-mefme,
ouy bien pour vous faire naiftre des
penfées veritables de grandeur & d'e-
ftimé de voftre perfonne, par les fen-

ſibles demonſtrations de voſtre belle na-
ture afin qu'en vous reconnoiſſant par-
faictement vous-meſme vous connoiſſiez
que i'ay grande raiſon de prendre la
qualité,

MONSIEVR de

Voſtre tres-humble & tres-
obeïſſant ſeruiteur.
CLERMONT Preſtre indig.

SONNET

TRois Vertus difputant vn iour de l'excel-
lence
Qu'elles pouuoient auoir pour emporter le prix,
Defployoient les raifons que chacune auoit pris
Dans le threfor fubtil de leur grand fuffifance.

La Nobleffe croyoit auec fon abondance
Mettre les autres deux du cofté du mefpris,
Mais la vaillance dit auec quelque foubris
Qu'elle tenoit fon rang par deffus la naiffance.

La prudence parut lors dans fa Majefté
Et fit voir que le prix eftoit de fon cofté
Puis qu'elles ne fçauroit fe paffer iamais d'elle

Comme eftant des vertus la fubftance & le
laict,
Et pour mieux leur monftrer le gain de la que-
relle
Elle ne leur monftra que le prudent Caulet.

LE Parnaſſe Diuin de Mr. de CLERMONT eſt digne d'eſtre mis au iour puis qu'il n'y a rien contre la foy & bonnes mœurs. Fait à Toloſe ce 2. Septembre, 1653.

Fr. Iean Sudre Docteur en Theologie en l'Vniuerſité de Toloſe, & Prieur des Carmes de Caſtel Sarrazi.

IE ſoubſigné Fr. Antoine Solenne Religieux de l'ordre des Carmes de l'obſeruance Reguliere, Docteur Regent de la faculté de Theologie, en l'Vniuerſite de Toloſe; certifie auoir leu & examiné le Parnaſſé Diuin de Mr. de CLERMONT, où ſont inſérées ſix pieces deſtachées, où ie n'ay rien trouué qui ne fut conforme au ſentiment de l'Egliſe Catholique, & pour ce l'ay jugé digne d'eſtre mis ſoubs la preſſe fait à Toloſe ce 2. Septembre 1653.

Fr. Antoine Solenne Docteur Regent de l'ordre des Carmes.

VEu les Aprobations nous permettons l'impreſſion du liure intitulé le Parnaſſe Diuin de Mr. de CLERMONT, à Toloſe ce 5. Septembre 1653.

P. CAVMELS B. L. DELAFONT, Vic. gen.

page 18· ligne 7.liſez qui ſans ceſſe y reluit p.47.l.30.liſez
Lentille p. 52. l. 7. liſez aymable, p 63· l. 5. liſez la grace
p 73 l.9.liſez pour s'embraſer, p.74.l.11 liſ. bien monſtée
p.75.l.26. & 28.liſez de tous les nombres, p.76 l 26 liſez.
elle les peut monſtrer p 82 l 5. liſez qui s imprime p. 9·.
l 11.liſez noſtre volonté p.9 .l. 5 liſez, de noſtre volonté
p.93.l. 6.liſez qu'ils l'ont fait deriuer p.100. l.19. liſez, ſe
tranſformer en luy p.101 l.1. liſez, ce n'eſt que comme
p. 108. l. 25. liſez, n'y cette verité qui nous eſt ſi notoire,
p. 117 l.5 liſez,qu'il oſte le ſommeil,p.118.l.19.liſez,pour
auoir d'vn peché, p.121. l. 20. liſez, nous paroiſſent extremes, p. 23 l 30 liſez, quel ſanglant deſplaiſir, p.1 5.l 22.
liſez, ô DIEV combien j'irois, p.125. l. 10. liſez, ce torrent
de plaiſirs, p. 128. l. 10. & l 16. liſez, digne de poſſeder &
enyurer d'amour,p 129.l.16.liſez, les ſaincts Peres,p.1 4.
l.4.liſez,de ces feux p.136 l.31.liſez aux hommes debonnaires, p.138. l 2. liſez, & du bon or, p. 45.l.2.liſez huict
iours & l. 8.liſ.quelques iours, p. 148.l.liſez,deliurée à ſes
vrays ennemis, p 159.l. 16 liſez,des meres & 19. ameres,
p.15 .l 3. liſez qui l'ont portée encor, p. 154. l. 34 liſez,
proſternée à genoux, p. 159. l. 15. l.ſez qui le reſſuſcitoit,
p. 16 .l.16.liſez le tourmente, p. 75.l. 12. liſez, la promeſſe,p.187 l.11 liſez,qui leur eſtoient, p.187 l 14 liſez,
eſtant de ſoy, p.212. l.7. liſez, nous agrée & nous plaiſt,
p. 215.l. 34 liſez, comme vn iardin,p.216 l 6. liſez,belles
fleurs, p. 217.l. 12. liſez, nouueau & frais percé, p. 2 3.
l.34 liſez auec égalité, p.235.l.7. liſez, mais encor des enfans, p. 239. l.7. liſez luy qui regna touſiours, p. 239. l. 19.
liſez, voire il habitera.

VIVE IESVS,

LE GRAND
MICROCOSME
A PHILANDRE.

*Où il est declaré que l'homme est vn grand
monde, non pas vn petit (comme disoient
les anciens Philosophes.) & que le monde
vniuersel luy estant comparé n'est pas le
grand, mais le petit.*

A Domino factum est istud & est mirabile
iu oculis nostris, *Psalm.* 117.

I. STROPHE.

V I ne sera surpris auec que vous Phi-
landre
Du front de ce discours ?
I'aprehende qu'on croye auant de le
comprendre
Qu'on l'ait mis au rebours.
Sans doubte les sçauants feront quelque reproche
Contre sanouueauté,
Puis qu'on nedoibt choquer l'inébra nlable roche
De leur antiquité.

A

Il est bien vray qu'auant la Diuine naissance
    Du Sauueur des humains,
Les doctes sentimens prenoient leur suffisance
    Des Philosophes vains.
Qui comme petits Dieux se formoient vn empire
    Par leurs opinions,
Dedans tous les esprits sur lesquels pouuoiët luire
    Leurs ostentations.
Et comme ils ne suiuóient pour tout que la nature
    Il leur estoit aisé,
De se faire adorer par la creance obscure
    De ce peuple abusé.
Mais depuis que le Ciel nous a donné le Verbe
    Reuestu comme nous,
Pour abatre l'orgueil, l'erreur, & la superbe
    Qui nous maistrisoit tous.
Et que par les rayons de ses belles lumieres
    Il a deuelopé,
Tout le monde couuert des tenebres premieres
    Dont il estoit pipé.
Nos esprits espurez penetrent les merueilles
    Auec facilité,
Et parlent des grandeurs des choses nompareilles
    Dedans la verité.
La grace a respandu vne telle abondance
    De benedictions,
Que les plus ignorans ont quelque cognoissance
    Des grandes notions.
Tous les plus beaux secrets que la nature mesme
    Auoit si bien cachez,
Ont esté desployez d'vne façon extreme
    Aux yeux plus empéchés.
La science auio urd'huy est si semble plus pure
    Qu'elle ne fut iamais,

Et nous l'encherissons sans faire aucune iniure
A ces Docteurs prisés.
Ie ne m'estonne plus ô doux Sauueur des ames
Si vos delices sont,
De posseder nos cœurs pour y mesler vos flames
Aux petits feux qu'ils ont.
Pourueu qu'à la grandeur de la rare excellence
Dont ils sont assortis,
Respondent les thresors que dans sa ressemblance
Vous auez departis.

II. STROPHE.

Quand ils ont nommé l'homme entr'eux le petit
C'est pour la quantité,   [Monde
Car s'il faut l'accarer à cette masse ronde
C'est par la qualité.
Veu qu'il est tres certain que le prix & l'estime
Des choses de valeur,
Ne se prendra iamais pour estre legitime
Auecques la grosseur.
Ainsi l'homme est vrayment vn grand monde sans
Comme nous ferons voir,   [doubte
Et l'autre le petit bien que soubs sa grand voulte
L'homme ait tout son pouuoir.
O merueilleux ouurier digne d'vn tel ouurage
Qui pourra dignement,
Publier vos grandeurs auec quelque auantage
Dans ce bas element ?
O main industrieuse ! ô Diuine sagesse
Qui semblez vous iouer,
Lors que vous auez pris du fonds de la bassesse
L'homme pour vous louër.
Vous l'auez fait de rien le construisant d'Argile
Mais cependant il est,

A 2

Le chef d'œuure immortel de voſtre main ſubtile
    Et le monde parfaiꝗ.
Ie ne m'eſtonne poinꝗ quand on le conſidere
    S'il eſt ſi merueilleux,
Puĩs que vous receliez ſoubs ce rare myſtere
    Vn miracle à nos yeux.
Le monde eſt en ſuſpens de voir voſtre Nature
    Vnie à celle-cy,
Et demeure rauy que ſoubs cette figure
    Vn Dieu ſoit racourcy.
Mais i'oſe proferer que l'eſſence Diuine
    A pris l'humanité,
Comme la plus parfaiꝗe, & meſme plus voiſine
    De la Diuinité.
Que ſi quelque autre eut eu de plus grandes mer-
    Le Verbe iamais n'euſt,   (ueilles
Ennobly noſtre chair des graces nompareilles
    Alors qu'il s'y conceut.
Combien l'ame a raiſon dans cette chair encloſe
    Doncques de s'éjoüir,
Puis que venant de rien Dieu l'a fait quelque choſe
    Qui le pourra iouyr.
Commençons cher Philandre enfin noſtre entre-
    A l'honneur du grand Dieu,   (priſe
Et faiſons voir à tous la route qu'il a priſe
    Pour l'homme dans ce lieu.
Deſployant les raiſous qui le font vn grand môde
    Et non pas vn petit
Afin que deſormais les Payens on confônde
    Qui nous l'ont ainſi dit.
Or puis qu'il eſt bien vray & meſme neceſſaire
    Pour parler dignement,
De regarder pluſtot la beauté qui l'eſclaire
    Que ſon ſeul tenement.

N'eſt-il pas bien aiſé de voir comme en ſon ame,
Eſt dans ſon corps auſſi,
Il a des raretez ſans reproche & ſans blaſme
Dont il eſt eſclaircy?
Qui ne dira que Dieu ſoit la grandeur, immenſe
Depuis qu'il contient tout?
Si vit-il ſans groſſeur pourtant dans ſon eſſence
Sans limite & ſans bout.
C'eſt ſa perfection doncques ſpirituelle
Qui le fait nommer grand,
Et non comme l'on void la grandeur corporelle
Qui ſe titre luy rend.
Que ſi l'ame de l'homme eſt la plus belle image
De la Diuinité,
S'il porte meſme au corps de l'ame le viſage
Auecques verité.
Qui ne confeſſera auecques quelque aiſance
Dans l'ame ainſi qu'au corps,
Qu'il doibt eſtre dit grand ſans nulle complaiſance
Puis qu'il a ces threſors?
Ie ne m'eſtonne plus ô doux Sauueur des ames
Si vos delices ſont,
De poſſeder nos cœurs pour y meſler vos flames
Aux petits feux qu'ils ont.
Pourueu qu'a la grandeur de la rare excellence
Dont ils ſont aſſortis,
Reſpondent les threſors que dans ſa reſſemblance
Vour auez departis.

III. STROPHE.

D'ailleurs, ſi ce qui tient vn autre dans ſoy meſme
Et lequel le comprend,
Eſt euidemment creu d'vne façon extreme
Sans doubte le plus grand.

Noſtre ame donc ioüit de ce beau priuilege
   Auantageuſement,
Puis qu'elle retient tout ſans aucun ſacrilege
   Dans ſon entendement.
Le corps de meſme auſſi r'encloſt tout ce bas
   Dans ſon rare pourpris,   (monde
Et les perfections deſquelles il abonde
   Au gré des beaux eſprits.
Mais plus parfaictement il les poſſede toutes
   Le prenant comme il faut,
Auec plus d'excellence & dans les meſmes routes
   Sans le moindre deffaut.
Et pour mieux s'eſclaircir voyons le dedans l'ame
   Ie dis en premier lieu

L'hom-
me eſt
vn grãd
monde
quãd à
l'ame.

Afin qu'en l'admirant elle meſme s'enflame
   Dans la grandeur de Dieu.
Tout ce qui fait ce tout & duquel ſe compoſe
   Tout ce vaſte Vniuers,
Se diuiſe & ſe void iuſqu'a la moindre choſe
   En quatre rangs diuers.
Le premier eſt nommé des choſes qui font l'eſtre
   Vniuerſellement.
Comme ſont ces beaux Cieux que nous voyons
   Et puis chaque element. (paroiſtre
Les pierres, les metaux, & tous ces corps palpables
   Qui ſont inanimez,
Auec tout ce qui ſuit de ces choſes ſemblables
   Dont nos yeux ſont charmēz.
Le ſecond eſt de tout ce qui commence à viure
   Sans auoir ſentiment,
Ainſi que ſont les fleurs dont l'odeur ſe fait ſuiure
   Si delicatement.
Les herbes & les grains & tous ces diuers arbres
   Que nous voyons fleurir,

Porter chacun ſes fruicts plus polis que les marbres
    Et puis croiſtre & meurir.
Pour le troiſieſme rang c'eſt de toutes ces choſes
    Qui viuent ſans raiſon,
Quoy qu'en elles parfois les raiſons ſoiét encloſes
    Dans leur comparaiſon.
Comme les animaux, les poiſſons, & les beſtes
    Auec tous les oyſeaux,
Dont la diuerſité faict admirer les creſtes
    Autant que leurs berceaux.
Quand au quarrieſme rang l'hôme ſeul le poſſede
    Tres-magnifiquement,
Eſtant ſemblable à l'Ange & n'a rien qui luy cede
    Dans ſon reſonnement.
Capable, intelligent, doüé de l'excellence
    De l'image de Dieu,
Enfin ſerrant en ſoy les autres rangs d'eſſence
    Sans feinte ny milieu.
Car il a l'eſtre & croiſt il ſent meſmes encore
    Le tout plus noblement,
Veu que ſon eſtre ſeul dont le Ciel le decore
    Vaut plus infiniment.
Que tous les elemens & tous les Cieux enſemble
    Auec les autres corps,
Parce qu'ils periront au iour que tout s'aſſemble
    Et luy viura pour lors.
Quand eſt du tenement des autres deux puiſſances
    Le croiſtre & le ſentir,
Faut-il pas aduoüer qu'ils ont des excellences
    Qu'on ne peut dementir ?
Puis qu'ils ſont dans le fonds de ſon ame immor-
    Qui ſuit l'eternité   (telle
Ayant vn autre aloy, d'vne façon plus belle
    Que leur caducité ?

De mefme que l'image artiftement grauée
Sur quelque Diamant,
Eft d'vn prix plus exquis, quoy que bien acheuée
Sur quelque ferrement.
Ainfi la pierre n'a la plante, ny la befte
Dedans fes fonctions,
Rien pour tout d'aprochant à fa forme parfaicte
Dans fes productions.
Ie ne m'eftonne plus ô doux Sauueur des ames
Si vos delices font,
De poffeder nos cœur pour y mefler vos flames
Aux petits feux qu'ils ont
Pourueu qu'à la grandeur de la rare excellence
Dont ils font affortis,
Refpondent les threfors que dans fa reffemblance
Vous auez departis.

IV. STROPHE.

Concluons donc que l'homme en fes nobles
Comprend tout le plus beau,   (ftructures
De ces perfections qu'ont eu les creatures
Du celefte pinçeau.
Et fi de plus en a d'autres incomparables
Qu'elles ne tiennent pas,
Qu'il a receu du Ciel par ces mains adorables
Toutes pleines d'appas.
Et partant par raifon le plus grand il doibt eftre
Suiuant ce que deffus,
Et le monde le moindre aux yeux qui verront nai-
La beauté de fes feux.   (ftre
C'eft pour cela d'effet que par prerogatiue
On le va furnommant,
Du nom de Creature à caufe qu'il arriue
Qu'il l'eft abfolument.

Car

Car comme dans ce mot de Monſieur on enferme
 Tous les noms plus exquis,
Quand du frere du Roy on ſe ſert de ce terme
 Qui vaut Duc & Marquis.
De meſme en l'apellant du nom de creature
 Il comprend tout en ſoy,
Ayant tous les threſors qui ſont dans la nature
 Comme frere du Roy.
Alez dit le Sauueur parlant à ſes Apoſtres
 Preſchez ouuertement,   *Mat.19*
A toute creature ; ou luy ſeul faict les autres *1 3.*
 Comme on void clairement.   *Marc.*
            16. 13
C'eſt à l'homme d'effet à qui cela s'adreſſe
 Puis qu'il a bien vny,   *Greg.*
Toutes les qualitez que chacune à parpiéce *homil.*
 Ramaſſées en luy.   *29.*
Or puis qu'il ſerre en ſoy donc toutes les parties
 De ce vaſte Vniuers,
Il eſt ce beau grand môde où l'on void deſparties
 Les grandeurs à milliers,
Qui n'admirera pas deſormais la puiſſance
 De ce ſçauant ouurier,
Qui renuerſe ſi bien le prix & l'excellence
 Sur vn foible papier?
Il eſt vray qu'ayant faict en baſtiſſant le monde
 Dans le commencement,
Cette grande eſtenduë auec ſa forme ronde
 Comme vn rauiſſement.
Il l'embelit de tout ce qu'il faut pour atteindre
 A la perfection,
Afin que par ainſi il ſe peut comme peindre
 Dans ſa production.
Mais apres en formant ce beau chef d'œuure l'hô-
 Il a voulu monſtrer,   (me

         B

Que tout le monde eſtoit moins admirable en
    Pour le luy comparer.   (ſomme
Il ſemble que ſa main ſe ſoit eſtudiée
    Dans ſa dexterité,
Puis qu'il y r'enfermoit ſans l'auoir mendiée
    Sa plus grande beauté.
Et comme ſon deſſein eſtoit lors de le rendre
    En tout le plus parfaiĉt,
Il mit en racourcy tout ce qu'on peut comprédre
    Au monde qu'il a faiĉt.
Parce qu'il deſiroit s'y racourcir luy-meſme
    Par l'incarnation,
Alors que ſon amour nous paroiſtroit extreme
    Dans cette inuention.
O combien deuons nous faire vne grande eſtime
    D'vn eſtre ſi poly?
Et reieter bien loin l'ombre meſme du crime
    Puis qu'il l'a demoly.
Que ſi l'entendement comme dit Ariſtote
    Se peut appeller tout,
Eſtant la riche forme (ainſi qu'eſt vn digne hoſte)
    Des formes ſans nul bout.

*Ariſt.
de a-
nim.c.7*

Comme on dit que la main eſt 'inſtrument priſa-
    De tous les inſtrumens,   (ble
Et que par ce moyen elle eſt toute admirable
    En tous les elemens.

*Ariſt. 3
de ani-
ma. c.4.*

Ainſi l'entendement par ce qu'il eſt capable
    De tenir tout en ſoy,
Il eſt dit eſtre tout par ſon pouuoir aymable
    Bien mieux que n'eſt vn Roy.
Ie ne m'eſtonne plus ô doux Sauueur des ames
    Si vos delices ſont,
De poſſeder nos cœur pour y meſler uos flames
    Aux petits feux qu'ils ont.

Pouruen qu'a la grandeur de la rare excellence
Dont ils font affortis,
Refpondent les threfors que dans fa reffemblance
Vous auez departis.

V. STROPHE.

Or puis que c'eft ainfi, il a la cognoiffance
Malgré mefme l'oubly.
De tout ce que tient l'eftre aueques la puiffance
Imprimées en luy.
De mefme que l'œil peut receuoir les images
Et toutes les lueurs,
Des obiets dependants de tous fes apanages
Aueques les couleurs.
En forte qu'il les rend quafi fpirituelles
Comme vn foleil leuant,
Si qu'il les fubtilife & les rend bien plus belles
Qu'elles n'eftoient auant
Ainfi l'entendement cognoift les creatures
Voire le Createur,
Et va iettant fon œil fur les chofes obfcures
Auec vn grand bonheur.
Difcourt des elemens, des minetaux, des plantes
Des Anges & des Cieux,
Parle des animaux & des ames fçauantes
D'vn ton prodigieux.
Enfin c'eft vn threfor, vn magazin tres rare
Immortel & viuant,
Ou toute la nature eft empreinte fans tare
Dedans luy bien auant.
Bien mieux qu'elle n'eft pas dedãs les chofes mef-
Car l'eftre du Lyon,   (me
Eft au Lyon caduque alors que la mort blefme
En prend poffeffion.

Arift.
de ani-
ma c 12

Arift. &
meta-
phif. c.1
& liu. 9
c.12.&
1. de
part.
anim.
c. 5.

Mais dans l'entendement graué par cognoiſſance
  Il eſt ſpirituel,
Et dans la meſme eſtoffe il prend meſme alliance
  Que ſon fonds immortel.
Car quand tous les Lyons ſeroient reduits en cen-
  Iamais l'entendement (dre
Ne ſera deueſtu s'il le peut bien comprendre
  De ce bel ornement.
Que ſi l'homme pouuoit bien ſçauoir toutes cho-
  Il auroit dans l'eſprit, (ſes
Tout ce qui fut iamais des choſes meſme eſcloſes
  Par cœur ou par eſcrit.
Reuenons & diſons maintenant ô Philandre
  Si le monde eſt ſi grand,
Qu'en ſa moindre partie il a dequoy comprendre
  Celuy qui le comprend ?
Et ſi petit qu'il n'a dedans cette partie
  Rien que la qualité,
Laquelle le fait grand comme tres aſſortie
  Sans nulle quantité.
Qu'eſt-ce que nous dirõs de l'autheur de ſon eſtre
  Qui l'a fait ſi charmant,
N'adorerons nous pas & la main & le maiſtre
  D'vn ſi beau baſtiment ?
S'il ſe pouuoit treuuer quelque mignard Artiſte
  Qui peut digne acheuer,

Plin.
l. 36.
c. 10.
Tous les fiers animaux deſſus quelque Amethiſte
  Et les y bien grauer
Si Tymanthe iadis dans vn petit volume
  Peignit vn grand geant,
Dormant deſſus ſon dos anpres de ſon enclume
  Ainſi qu'vn feneant.
Ayant des Cyclopets auec quelque Satyre
  Qui meſuroient ſon doigt

Auec vne grand aulne a fait que l'on l'admire
Encores à bon droit
Si celuy qui graua fur vn morceau de cuiure
. Phaëton conduifant
Le Soleil fur vn char a merité de viure
Malgré le medifant.
Que fi Mirmecides fit vn beau char d'yuoire
Qu'vne mouche couuroit,
Aueques vn nauire équipé dit l'Hiftoire
De tout ce qu'il faloit.
Si feze mille vers de ce fameux Homere
D'vne commune voix,
Ont efté tous efcrits par vne main legere
Sur le teft d'vne noix
Si dis-je tout cela nous a tranfmis l'eftime
. Auec fuauité
De leurs rares autheurs fi grande & legitime
Qu'on n'en a pas doubté.
Qu'eft-ce que ne fera ce magnifique ouurage
Ce monde racourcy ?
Ne parlera-t'il pas luy-mefmes vn langage
Pour fon autheur auffi ?
Ie ne m'eftonne plus ô doux Sauueur des ames
Si vos delices font,
De poffeder nos cœurs pour y mefler vos flames
Aux petits feux qu'ils ont.
Pourueu qu'à la grandeur de la rare excellence
Dont ils font affortis,
Refpondent les threfors que dans fa reffemblance
Vous auez departis.
Si les autres fans langue ont dit tant de merueilles
Que ne dira-t'il pas,
Enrichy des threfors des langues nompareilles
Pour le Dieu des appas ?

Galc.
de vfup.
l. 17.

Certainement il doibt le reuerèr ſans ceſſe
Pour mille autres raiſons,
Afin de luy monſtrer par l'adueu qu'il profeſſe
Qu'il reconnoiſt ſes dons.

Fur-
nius
pour
auoir
obtenu
que ſon
pere ne
mour-
roit pas
côme il
eſtoit
condã-
né pour
auoir
ſuiuy le
party
d'An-
thoine.

Et comme ce Romain il doibt dire à tout heure
Ce qu'à Ceſar il dit.
Grand Prince dans ce bien vous me faites iniure
Me rendant interdit.
Parce que-ie ne puis dignement reconnoiſtre
Ce que vous m'auez faict,
Ie ſeray voſtre ingrat ſans le vouloir meſme eſtre
Tous-jours dans ce bien-faict.
Suiuant ce que deſſus nous pouuons donques dire
Que l'homme eſt bien de vray,
Vn double monde encor ſans parler de l'Empire
Dont il fut decoré.
L'vn parce qu'il eſt faict l'image de Dieu meſme
Que Platon a nommé,
A cauſe de ſa belle intelligence extreme
L'Archetipe eſtimé.
L'autre monde qu'il a c'eſt pour eſtre l'image
De ce bel Vniuers,
Que tous les iours il peut augmenter dauantage
Par ſes talens diuers,
De plus qui n'aymera bien mieux mettre en reſer-
Dedans l'entendement,   (ue
La ſcience & les arts que la memoire obſerue
Parfois fidelement ?
Qui n'admirera plus la faculté de l'homme
D'imprimer dans l'eſprit,
Seze ou vingt mille vers que deſſus vne pomme
Qui ſans doubte perit ?
Et comme corporelle elle vient periſſable
Sans pouuoir plus tenir,

Mais la memoire eſt bien cent fois plus admirable
    Par ſon grand ſouuenir.
Puïs que c'eſt vne lame immortelle & ſubtile
    Qui s'agrandit tous-jours,   *3. Phy-*
Et plus elle eſt chargée elle en eſt plus habile *ſic. 4.*
    Dans les plus grands diſcours   *& 8.*
Ie ne m'eſtonne plus ô doux Sauueur des ames
    Si vos delices ſont,
De poſſeder nos cœurs pour y meſler vos flames
    Aux petits feux qu'ils ont.
Pourueu qu'a la grandeur de la rare excellence
    Dont ils ſont aſſortis,
Reſpondent les thréſors que dans ſa reſſemblance
    Vour auez departis.

VI. STROPHE.

Comme l'experience en rend bon teſmoignage
    Parmy les ieuſnes gens,
Leſquels en s'aduançant profitent dauantage
    Au gré de leurs Regens.
Auſſi l'entendement dedans les cognoiſſances
    Profite tous les iours,
Car s'exerçant ſans ceſſe il aquiert les ſciences
    Sans ayde ny ſecours.
Comme le Philoſophe en l'accarant au nombre *3. Phy-*
    L'a dit elegamment,   *ſic. c. 4.*
Auquel on peut toûjours âjouſter, comme à l'om- *8.*
    De noſtre entendement.   (bre
Lequel s'amplifiant eſt toûjours plus capable
    De toûjours conceuoir,
Par la vertu du Ciel qui l'a faiĉt admirable
    Dans ce diuin pouuoir.
La volonté qui ſuit de meſme eſt infinie
    En ce qu'elle ayme ou hait

Soit-il vice ou vertu toûjours elle eſt fournie
   De tout ce qu'il luy plaiſt.
Car aux bons le deſir de la gloire immortelle
   S'augmente à tous momens,
Et és cœurs des malins le vice à tire-d'aiſle
   Prend ſes accroiſſemens
C'eſt donques cher Philandre vne choſe certaine
   Qu'il nous faut aduoüer,
Que l'homme eſt vn grand monde en cette vie hu-
   Qu'on ne peut trop loüer.   (maine
Puis qu'il met tout le monde aueques grande ai-
   Dans ſon entendement,   (ſance,
Le ſerre en ſa memoire aueques complaiſance
   Et garde entierement.
Et par ſa volonté il s'eſtend & s'attache
   Ainſi comme il le veut
Aux parties qu'il a ſans laiſſer nulle tache
   A rien de ce qu'il peut.
C'eſt pourquoy s'il ſe ſert des choſes inſenſibles
   Au gré de ſon vouloir
Auſſi peut-il ouurer dans les choſes ſenſibles
   Au gré de ſon pouuoir.
Si bien qu'il s'aproprie aueques l'induſtrie
   De tous les animaux.
Tout ce que la nature a dans la Symettrie
   De ſes doctes trauaux.
Et faict ſi bien en ſorte aueques ſon adreſſe
   Que la gloſe vaut plus,
Que ne faict tout le texte encor que ſa foibleſſe
   Les rende ſuperflus.
Par exemple s'il a de la docte Arondelle
   Herité de baſtir,
Combien ſurpaſſe-t'il ſa forme & ſa truelle
   Sans la rien dementir?

          S'il

S'il a des animaux apris la medecine
    Ne s'y cognoift-il pas,
Pour redonner la vie auec autant de mine
    Qu'il deçoit le trefpas ?
S'il a pris des canards l'incertain artifice
    De voguer fur les eaux,
N'en fçait-il pas plus qu'eux auec plus de malice
    Pour rauir les vaiffeaux ?
Enfin s'il a compris le meftier de l'Aregne
    A tiftre fes deffeins
La furpaffe-t'il poinct fans maiftre & fans enfegne
    Auec fes belles mains?
Comparez le Cambray, la Turguie, l'Holande
    Et les toiles auffi,
De Conftance, de lin & celles qu'on demande
    Vers le Nord & Rouffy.
Soit-elles de Cotton ou de Damas ouurées
    Comme on les void fouuent,
Auec mille façons doctement figurée
    Que tous les iours on vend?
De plus fur ce modelle eftalez tant de foyes
    Qu'il met fur le meftier,
Le fatin, le velours, & le refte des proyes
    Qu'il fçait fi bien trier.
Le tout fi varié que les plus longues odes
    N'en peuuent difcourir,
Non plus que des couleurs des pourtraicts ny des
    Qu'on y void parcourir.   [modes
Ie ne m'eftonne plus ô doux Sauueur des ames
    Si vos delices font ,
De poffeder nos cœurs pour y mefler vos flames
    Aux petits feux qu'ils ont
Pourued qu'à la grandeur de la rare excellence
    Dont ils font affortis ,

                C

Respondent les thresors que dans sa ressemblance
Vous auez departis.

VII. STROPHE.

N'y treuuera t'on pas autant de difference
Que du iour à la nuict,
Dans la seule façon ; sans la magnificence
Que du iour à la nuict ?
Il est vray qu'on dira qu'auec cet escarlate
L'abus esclate aussi
Et que son bel esprit à force qu'il se flate
Se deperit ainsi.
I'aduoüe bien que c'est vn estrange desordre
Qu'on ne peut reparer,
A cause qu'il se sert de tout ce qui faict l'ordre
Pour le desfigurer.
Que s'il a retenu des animaux l'vsage
A faire quelque bien,
En changeant de dessein il renuerse l'image
Et ne profite rien.
Au contraire il a faict que ce qui dans la beste
Est comme indifferend,
Par ses mauuais desseins reuient dessus sa teste
Comme vn crime tres-grand.
La fourmis, le serpent, l'Agneau & la Colombe
L'auoient tous ensegné
Les moyens d'éuiter qu'au crim il ne succombe
Mais il l'a dedaigné.
Et qui pis est encore il faict seruir les ruses
De leur simplicité,
A faire tous les maux & chercher des excuses
Dedans l'impieté.
Il est cruel en tigre, il desrobe en corneille.
Il est sale en porceau,

Enuieux comme vn chien , comme vn renard il
  Et dort comme vn blereau. [veille
Enfin s'il en imite il imite les pires
  Dedans leurs actions,
Viuant le plus souuent comme font les Satyres
  Serf de ses passions.
Mais cela ne faict rien contre nostre entreprise
  C'est pluftot vn tableau,
Pour faire voir l'esclat de sa noble franchise
  Tiré tout de nouueau.
Par là nous cognoissons la grandeur liberalle
  De son grand Createur,
Lequel l'ayant doüé d'vne ame si Royalle
  L'en laisse directeur.
Afin qu'on puisse voir comme il est vn grand mó-
  En toutes les façons, (de
Qui ferme dedans luy toute la masse ronde
  Auec ses écussons.
Maintenant il est temps de descouurir la gloire
  De nostre Createur,
Afin que ses bienfaicts soiét dans nostre memoire
  Ainsi que dans le cœur.
S'il a faict l'homme en l'ame vn monde de mer-
  Il ne l'est guieres moins, (ueilles
Dans son corps excellent, où ses plus doctes veilles
  Ont dix mille tesmoins.
Il est vray si nostre œil grossierement mesure
  Le monde est le plus grand
Et quoy que nostre corps maistrise la nature
  Le monde le comprend.
Mais comme nous auons desia parlant de l'ame
  Assez souuent redit ,
Le corps sera le grand par sa valeur sans blasme
  Et l'autre le petit.

*L'hom-
me est
vn grãd
monde
quãd au
corps.*

Qui a-t'il ie vous prie au monde cher Philandre
    Qui ſoit digne de prix,
Que dans le corps de l'homme on ne puiſſe com-
    Meſme dans ſon pourpris ?   (prendre
Qu'eſt-ce que dans le Ciel remarquons nous de
    De charmant & de beau,   (rare
Qu'il ne poſſede ſeul auec autant de pare
    Que ſon riche flambeau ?
La terre à t'elle en ſoy quelque belle merueille
    Que ſon corps ne l'ait pas,
Voit-on dans l'Vniuers choſe qu'il n'ait pareille
    Dans ſes viuans apas ?
Enfin qu'on foüilie tout auec la diligence
    La plus grande qui ſoit,
On treuuera que l'homme eſt dans vne excellence
    Qu'à peine l'homme void.
Son aſſiete, ſon port, ſa façon & ſa grace
    Ont tant de qualitez,
Que ſans comparaiſon de ſon ombre il efface
    Toutes les raretez.
Ie ne m'eſtonne plus ô doux Sauueur des ames
    Si vos delices ſont,
De poſſeder nos cœurs pour y meſler vos flames
    Aux petits feux qu'ils ont.
Pourueu qu'à la grandeur de la rare excellence
    Dont ils ſont aſſortis.
Reſpondent les threſors que dans ſa reſſemblance
    Vous auez departis.

VIII. STROPHE.

Et venant au detail le monde nous deploye
    Son Ciel premierement,
Comme le plus beau corps & le plus net qu'on
    Pour paroiſtre hautement.   (voye

Auſſi le corps humain pour ſon Ciel à la teſte
    Qui tout haut eſleué,
Faiɛt admirer la main de l'ouurier qui l'a faiɛte
    D'vn ſoin paracheué.
De tous les corps qui ſont dans le monde ſans ame
    Il ne s'en treuue poinɛt,
Dont la beauté paroiſſe aueques plus de flame
    Que le Ciel dans ce poinɛt.
A cauſe des lueurs, mouuemens & figures
    Qu'icy bas nous voyons,
Par leurs diuers effeɛts & par les conieɛtures
    De leurs puiſſans ràyons.
Dans le ſeul artifice & beauté des organes
    Que la teſte retient,
L'homme va ſurpaſſant ceux qui ſont diaphanes
    Qu'au Ciel meſmes on peint.
Le Ciel du monde n'a pour tout qu'vne figure
    Laquelle eſt ſa rondeur ;
Toutes ſont dans la teſte aueques la meſure
    D'vne iuſte grandeur.
La Sphérique en ſon rond, au nez la Pyramide
    L'ouale dans ſes yeux,
Le Cylindre, le cube & les autres au vuide
    De ſes os precieux.
Les aſtres ſont au Ciel tous brillans de lumiere
    Et de feux eſclatans,
Et la teſte a les ſens dont toûjours elle eſclaire
    Les petits & les grands.
Le Ciel a deux clartez qui nous rendent viſibles
    Le reſte des lueurs,
La teſte à ſes deux yeux qui ſont doux ou terrible
    Selon les quatre humeurs.
Le Ciel tient le deſſus dans ſon rond circulaire
    Et dans ſon mouuement,

Ariſt. 2
phi. c. 4.
de cœlo.
c. 2.
3. 2. de
cœlo. 6.
1 2.
Ariſt. 2
phiſ. 4.
de cœlo.
c. 2.
3. 2. de
cœlo 6.
12.

L'hôme auffi fe mouuant tient le haut de l'efphere
  Toûiours également.

Arift.1.
meteor.
c. 2. Le Ciel verfe fans ceffe vn monde d'influences
  Sur le monde arreflé,
La tefte en faict de mefme & de fes abondances
  Le corps eft humecté.

S. Tho.
in 2.
cœl.
lect. 1.
& 1. p.
q. 115.
a. 3. de
potêtia
q.a.7. Si le Ciel s'arreftoit comme S. Thomas mefme
  La doctement efcrit,
Tout ce vafte vniuers comme vn malade blefme
  S'arrefteroit au lict.
Si la tefte deffaut le refte ne vaut guiere
  Et comme a dit quelqu'vn
Ce n'eft que pour les chiens qui s'en font chere
  S'il s'en treuue pas vn. (entiere

Et quand aux mouuemens que dans le monde on
  Rond, droict, ou compofé, (treuue
Dedans le corps humain ils y font côme vn fleuue
  Sagement difperfé.

Arift.3.
de ani-
ma 11.
1. Phif.
c. 4. Apres nous pouuons voir les elemens tous quatre
  Richement diftinguez,
Dans leur rare meflange , où viuant fans comba-
  Ils regnent fubiugués. (tre
Dans les os nous voyons la terre froide & feche
  Et puis dans le cerueau,
L'humide auec le froid fans que rien nous empe-
  Nous y comparons l'eau. (che
A la chair & au fang noftre air chaud & humide
  N'ajoufterons nous pas ?
Pour le feu chaud & fec il peut feruir de guide
  Aux poulmons les plus bas.
Aueques ce bon heur & cette difference
  Que l'os & le cerueau.
La chair & les poulmons font dedans l'excellence
  D'vn plus rare pinçeau.

Les quatre qualitez chaud, froid, fec & humide
Nous les pouuons bien voir,
Au fang, à la cholere, au phlegme gros liuide
Puis au trifte miroir.
Ie ne m'eftonne plus ô doux Sauueur des ames
Si vos delices font,
De poffeder nos cœurs pour y mefler vos flames
Aux petits feux qu'ils ont.
Pourueu qu'à la grandeur de la rare excellence
Dont ils font affortis,
Refpondent les threfors que dans fa reffemblance
Vous auez departis.

VI. STROPHE.

Quand aux quatre faifons qui roulét dans l'année
Pour lier tous les temps,
Sçauoir l'Efté, l'Hiuer, l'Automne fortunée
Aueques le Printemps.
Nous les voyons affez dans la premiere enfance
Auec la puberté,
L'âge mur & parfaict remply de cognoiffanee
Et le decrepité.
Dans le monde on difcourt des quatre endroits
D'où prouient chaque vent, (encore
Sçauoir eft l'Orient d'où fe leue l'Aurore
Aueques l'Occident,
Par apres fuit le Nord qui tout couuert de glace
Faict trembler iufqu'aux dents,
Mais le my-iour venant auec fa bonne grace
Il le chaffe au dedans.
Or quand au corps humain nous les marquons de
Auec facilité, (mefme
Prenant fon cofté droit pour fon leuant fupefme
Et fa dexterité.

Auguſt.
tract.9.
& 10.
in Ioă.
S.cypr.
de ſina
& ſion.

A na-
tole
Ori-
ent.
Diſis
Oc-
cidĕt.
Aretos
Sep-
ten-
triŏ.
Eſim
bria
Mi-
dy.
Ariſt.2.
de cœlo
c.2.

Le gauche eſt l'Occident, le my-iour c'eſt ſa teſte
  Et les pieds ſont le Nord,
S. Auguſtin l'a dit S. Cyprien en traitte
  Tous deux d'vn meſme accord.
Si bien quauec plaiſir ils marquent que les lettres
  Dont Adam eſt formé,
Signifient en Grec ces quatre grands feneſtres
  Que nous auons nommé.
L'Ariſtote auſſi bien d'vne autre Analogie
  Contraire abſolument,
Met les endroits humains ainſi qu'vne effigie
  Dedans le firmament.
Et declare à plaiſir le monde par luy-meſme
  Ainſi qu'vn animal,
Met la teſte au midy, les pieds dans le Nord bleſ-
  D'vn maintien bien egal.   (me
Le coſté droit il met pourſuiuant ſa penſée
  Apres à l'Orient,
Le gauche à l'Occident où ſa forme eſt placée
  Toûjours en variant.
Dans le monde il ſe trouue apres pluſieurs fontai-
  De fleuues & de mers,   (nes
Dont l'occulte vertu qui les rend incertaines
  Rend tous leurs-cours diuers.
Le meſme nous voyons quand on le conſidere
  Dedans l'homme par tout,
Car le cerueau fournit d'vne rare maniere
  Ses eaux de bout en bout.
A la langue il en donne ainſi comme vne ſource
  Continuellement,
Pour la rendre plus libre il humecte ſa cource
  Tres-liberalement.
Et comme vn Occean aux yeux il en enuoye
  Par le flux & reflux,

        Apres

Apres auec ſes nerfs tout le corps il ondoye
    Par ſes eſprits aigus.
Qui comme des ruiſſeaux coulans tous-jours ſans
    Dans cét organizé,   (ceſſe
Il fournit ce qu'il faut aueques grande adreſſe
    Au monde humanizé.
La mer rouge d'ailleurs eſt ſans doubte le foye
    Lequel par ſes vaiſſeaux,
Bien munis & chargez que par tout il enuoye
    Nourrit tous ſes vaſſaux.
Les abreuue & faict croiſtre aueques leurs parties
    Soient-elles proche ou loin,
Auec tant de bon-heur qu'elles ſont my-parties
    Dans leur plus grand beſoin.
Le commerce qu'il faict tout le long de ſes veines
    Eſt d'eſprits naturels,
Qui penetrent par tout iuſqu'aux peaux plus loin-
    De ſes bords temporels.   (taines
Ainſi que le cerueau coule en ſes nerfs palpables
    Les eſprits animaux,
Qu'il fait agir au gré de ſes deſſeins ployables
    Pour regir ces trauaux.
Quand au cœur n'eſt-ce pas la mediterranée
    Siſe au milieu du corps
Noble ſource d'eau viue & toûjours fortunée
    Dans ſes coulans accords?
C'eſt elle qui donnant ainſi que des riuieres
    La beauté de ſes eaux,
Les faict rouler ſans ceſſe au long de ſes arteres
    Par ſes eſprits vitaux.
Ie ne m'eſtonne plus ô doux Sauueur des ames
    Si vos delices ſont,
De poſſeder nos cœurs pour y meſler vos flames
    Aux petits feux qu'ils ont.
                  D

Pourueu qu'a la grandeur de la rare excellence
   Dont ils font affortis,
Refpondent les threfors que dans fa reffemblance
   Vous auez departis.

X. STROPHE.

Quand eft des autres corps fans raifon & fans ame
   Qui font fi meflangez,
Comme font les metaux lefquels quoy qu'on en-
   N'en font iamais changez.   (flame
Ils font reprefentez dans les os à merueille
   Dont la varieté,
L'artifice & figure eft du tout nompareille
   Selon la verité.
Ils furpaffent le prix dedans leur bel vfage
   Des metaux pretieux,
A les bien comparer ainfi que faict le fage
   Non l'auaritieux,
Encores il y a deux corps dans la Nature
   Qui different entr'eux
Sçauoir les vegetaux croiffans à l'auanture
   Comme les bois touffeux.
Et puis les fenfitifs qui font toutes les beftes
   Dedans leur mouuement,
Qui vont multipliant ainfi qu'elles font faictes
   Dans leur propre element.
Or fus qu'eft-ce qu'ils ont ? qu'eft-ce qu'ils font
   Tant ceux-là que ceux-cy ?   (encore
Que l'homme ne le faffe, & dont il ne decore
   Sont naturel auffi ?
Ils ont les facultez de leur groffiere forme ;
   Tirent leurs alimens,
Croiffent en produifant ; & rendent tout confor-
   A leurs feuls fentimens   (me

Nos corps ont tout cela d'vne façon plus belle
Et sans comparaison.
Ils font voir qu'ils sont meus par vne ame immor-
Capable de raison.   (telle
De plus pour les seconds que font-ils qu'il n'em-
Plus authentiquement ?   (brasse
Qu'il ne mette en pratique & de meilleure grace
Que tous ensemblement ?
Ils ont leur sens commun, leur imaginatiue
Et leur memoire encor,
Ce sont les interieurs soubs lesquels se captiue
Leur plus rare thresor.
Et pour les exterieurs quoy qu'ils les ait sembla-
A ceux du corps humain,   (bles
Le goust & l'odorat, la veüe es corps aymables
L'ouye auec la main.
N'auoüerez-vous pas que l'homme les possede
Auec vn tel bon-heur,
Que comme sans regret tout ce qui vit luy Cede
Aussi faict leur valeur ?
Et qu'il va surpassant ainsi que leur estime
Toutes les facultez,
Autant des vegetaux que des bestes sans crime
Dans toutes leurs beautez ?
Et pour les dechifrer d'vne façon plus claire
Ne l'encherit-il pas,
Sur les sens interieurs dont la nature esclaire
Leur plus moindres apas?
Son imaginatiue aueques sa memoire
Iointe à son sens commun,
Sont-ils à vostre aduis dignes de plus grand gloire
Les prenant vn à vn ?
Le sens commun de l'homme est de telle excellēce
Qu'vn homme ne peut pas,

Arist.
meta-
phys. c. 1
Liu. de
sēsu c. 1
5.1.*hist.*
anim.
c. 1.

D 2

A moins que d'eſtre beſte ajuſter ſa puiſſance
    Aux beſtes d'icy bas.
Pour l'imaginatiue elle a des auantages
    Qu'on ne le peut ſçauoir,
Si lon ne conſidere vn peu les beaux viſages
    Qui ſont dans ſon miroir.
Mais que dirons-nous donc de ſa rare memoire
    Ce digne Threſorier,
Qui rend tous les ſçauans qu'on lit dedans l'hi-
    Couronnez de laurier ?   (ſtoire
Si nous voulions parler icy de ſon merite
    Il faudroit emprunter,
Tout ce bel Art poly par lequel on herite
    Ce qu'on peut meriter.
Puis que par elle ſeule on aquiert ſans nul blaſme
    Tous les Diuins threſors,
Dont on peut embelir la grandeur de noſtre ame
    Et les faueurs du corps.
Ie ſçay bien que l'on fait vn peu de difference
    Du ſens que nous parlons,
A cette autre memoire appellée puiſſance
    Qui nous rend ſi feconds
Mais regardant de pres ce n'eſt que meſme choſe
    Et n'a rien que le nom,
Dont la Philoſophie à plaiſir la compoſe
    De ce double renom.
Ie ne m'eſtonne plus ô doux Sauueur des ames
    Si vos delices ſont,
De poſſeder nos cœurs pour y meſler vos flames
    Aux petits feux qu'ils ont.
Pourueu qu'a la grandeur de la rare excellence
    Dont ils ſont aſſortis,
Reſpondent les threſors que dans ſa reſſemblance
    Vour auez departis.

XI. STROPHE.

Que ſi ces trois ſens ſont au dedans de la beſte
Ils ſont ſi court bornez,
Qu'ils ne vont iamais qu'où leur inſtinct les ar-
Comme ils ſont deſtinez.   (reſte
Quand eſt des exterieurs il deuance de meſme
Soit leur actiuité,
Soit leur delicateſſe ou prochaine ou extreme
Auec ſubtilité.
L'Aigle void de fort loing ſans limite & ſans ter-
La taupe & le renard,   (me:
Oyent pareillement d'vne oreille auſſi ferme
Que l'Aigle a le regard.
Le chien a l'adorat, la poule eſt tres-ſubtile
En touchant quelque grain,
Et l'huiſtre auſſi cognoiſt autant que la coquille
D'vn limaçon terrain.
L'homme va pardeſſus ſans aucune diſpute
Puis qu'aueques ſes ſens,
Il aprehende tout ou ceuxlà de la brute
Paſſent pour innocens.
L'Aigle qui void ſi loin de ſa ſubtile veüe :
Ne void que les couleurs,
Mais celle de l'homme eſt ſi richemẽt porueuë
Qu'il en trie les fleurs.
Diſtingue auec plaiſir toutes les differences
Et les raporte apres,
Pour en faire à part ſoy des belles conferences
Dans ſes threſors ſacrés.
L'Aigle ne ſçauroit voir que la viue peinture
De quelque grand tableau,
Si c'eſt du blanc ou noir ainſi que la nature
Luy monſtre ſans bandeau.

*Ariſt. 5
de ge-
nerat.
anim.
c. 2.*

Mais l'œil de l'homme eſtant vne petite image
   De la Diuinité,
Puis qu'il eſt de noſtre ame vn viſible viſage
   Dans ſa rare beauté.
Void & iuge du prix autant de la baſſeſſe
   Que de la gayeté,
De leur proportion, ainſi que de l'adreſſe
   De leur belle clárté.
Des charmes, des laideurs , des pourfils des om-
   De leurs rehauſſemens,   (brages
Enfin il reconnoiſt aueques les viſages
   Leurs doux lineamens.
Ny plus ny moins que ceux qui tienſnent vn volu-
   S'ils en ſont ignorans,   (me
Ny voyent que le blanc, & le noir qu'vne plume
   Aura tracé dedans.
Mais vn hôme entendu cognoiſt toutes les lettres
   Et leurs diſtinctions,
Entend & lit tres-bien les ſentences des maiſtres
   Dans leurs intentions.
Que ſi le renard a dans ſa ſubtile oreille
   La faculté des ſons,
L'homme en les diſtinguant en comprend la mer-
   Aueques tous les tons.   (ueille
Dont la muſique eſt riche autant que delectable
   D'inſtrumens & de voix,
Puis qu'il en recognoiſt dans ce corps admirable
   Pluſieurs tout à la fois.
De meſme que celuy qui s'arreſte à l'harangue
   D'vn ſçauant orateur.
Combien qu'il ne ſoit ſourd s'il n'entend pas la
   N'oyra que la clameur,   (langue
Il entendra la voix & verra que ſa bouche
   S'ouure en ce mouuement,

Mais il ne ſçaura pas les doctrines qu'il touche
  Si peremptoirement.
Pour le flair & le gouſt c'en eſt la meſme choſe
  Que ce qui touche icy,
Car l'homme à ſa raiſon qui de tout luy compoſe
  Vne raiſon auſſi.
Outre qu'icy i'àjouſte, & s'il eſt vray-ſemblable
  Si l'homme n'eut peché
Qu'ils ſeroient plus aigus & fut eſté capable
  D'vn bon-heur recherché.
Et ſi ſurpaſſeroit toutes les beſtes meſme
  En cela meſmement,
Que la beſte ſurpaſſe en ſa vigueur extreme
  Son affoibliſſement.
Dequoy nous en auons parfois de grands veſtiges
  Dit l'Orateur Romain,
Sans nuls enchantemens ny ſans aucuns preſtiges
  Ainſi de main en main.

Plin.l.6
c.22. ex
Cicero-
ne.

Il raconte qu'vn homme aux guerres de Carthage
  De la Sicile en hors
Contoit tous les vaiſſeaux qui partoiët de la plage
  De ſes humides bords.
C'eſtoit cent trente-mil pour le moins de diſtance
  Que s'eſtendoit ſon œil,
Vit'on iamais vn Aigle auoir tant de puiſſance
  Ny rien de ſi pareil ?
Ie ne m'eſtonne plus ô doux Sauueur des ames
  Si vos delices ſont,
De poſſeder nos cœurs pour y meſler vos flames
  Aux petits feux qu'ils ont.
Pourueu qu'à la grandeur de la rare excellence
  Dont ils ſont aſſortis,
Reſpondent les threſors que dans ſa reſſemblance
  Vous auez departis.

XII. STROPHE.

Laiſſant donques à part tout ce qu'on en peut dire
Au regard de ſes ſens
Nous voyons clairement le monde & ſon empire
Dans nos corps rauiſſans.
Aueques les beautez bien plus incomparables
Que ſes perfections,
Enrichis des threſors dont-ils ſont admirables
A tant de nations.

Gal. de
vſu par.
Ariſt. 2
de part.
anim.
Trim.
in aſ-
clep. c. 3
Plat. 1.
de legi-

C'eſt ce corps ſans pareil que Galien appelle
Vn ouurage diuin,
Eſtroitement lié par vn'ame immortelle
Pour iamais & ſans fin.
Qui font tous deux enſemble au gre de Trimegiſte
Vn miracle tres-grand,
Auquel Platon auſſi ce rauiſſant Artiſte
Va ſeruant de garant.

Greg.
Naz.
or. & 2.
de paſ.

Et le grand Monde enfin comme les Philoſophes
Des plus ſages Chreſtiens,
Le nomment hautement dans les riches Strophes
De leurs Saincts entretiens.
Voila doncques de l'homme encore les richeſſes
Que ſon cher Createur,
Pour mieux authoriſer ſes diuines promeſſes
A faict en ſa faueur.
N'a-t'il pas honoré cette belle nature
Des Anges meſmement,
Les faiſans voir en terre auec cette figure
Dans le vieux teſtament?
Enfin il a voulu que ſon cher fils vnique
Mariat ſa grandeur,
Auec elle d'vn nœud qui fut Hypoſtatique
Pour ſa plus grand valeur.

Et

Et qu'il s'en reueſtit afin qu'en ſa perſonne
    Fut ioincte la beauté,
D'vn grand Dieu deſireux de mettre ſa couronne
    Sur noſtre humanité.
Et qu'affublé d'icelle vny dans ce grand monde
    Le monde il reparar,
Et s'aſſit à ſa dextre ou la gloire redonde
    Surce pauure forçat.
Encore c'eſt afin qu'il iugeat dans ce monde
    Le monde & les mondains
Paré dans ce grand iour de la clarté feconde
    Qu'ont faict ſes belles-mains.
Combien iniurieux ſont ils donques Philandre
    Les pecheurs obſtinez,
Tant à Dieu qu'a eux meſme, helas! ſans le com-
    Viuant abandonnez ?   (prendre
Ils commettent cruels deux deteſtables crimes
    Contre ce Dieu d'amour,
Qui les deuroit lancer dans le fonds des abymes
    Comme indignes du iour.
L'vn eſt en violant, par leur ingratitude,
    Ses loix & ſes bienfaicts,
Lors meſme qu'il ne ſonge auec ſollicitude
    Qu'au biens qu'il leur a faicts.
L'autre eſt en laidiſſanr ſon image & ſemblance
    De l'horrible noirceur,
La plus grande en effect qui puiſſe auoir creance
    Au fonds de noſtre cœur.
Sçauoir eſt le peché ; choſe la plus infame
    Qui ſoit aux yeux de Dieu,
Toutes & quantesfois qu'ils en ſoüillent leur ame
    Dans ce damnable lieu.
Et commettent vn crime encore plus enorme
    De leze-Majeſté,

Que s'ils iettoient du fiant contre la belle-forme
    D'vn Prince redoubté.
Ou bien que furieux ils foulaſſent à terre
    Quelqu'vn de ſes pourtraicts,
Alors que tout le monde auec honneur les ſerre
    Et leur rend ſes reſpects.
Secondement ils font vne cruelle iniure.
    Enuers eux-meſme tous,
Se defigurant las! pour veſtir la figure
    Du plus ſale des boucs.
Ie ne m'eſtonne plus ô doux Sauueur des ames
    Si vos delices ſont,
De poſſeder nos cœurs pour y meſler vos flames
    Aux petits feux qu'ils ont
Pourueu qu'à la grandeur de la rare excellence
    Dont ils ſont aſſortis,
Reſpondent les threſors que dans ſa reſſemblance
    Vous auez departis.

XIII. STROPHE.

Admirable moteur de tous ces rares mondes
    Dignes faicts de vos mains,
Vous dont la pureté treuue nos cœurs immondes
    Ainſi que nos deſſeins.
Si par le temps paſſé mon ame criminelle
    A ſuiuy vos fraineux,
Et qu'elle eſt teſmogné qu'elle eſtoit infidelle
    A vos traicts amoureux.
Au iourd'huy que la grace a faict vn coup de mai-
    En ma propre faueur,   (ſtre
Rendant mes vieux proiects indignes de paroiſtre
    Deuant voſtre candeur.
Ne ſouffrez pas mon Dieu qu'à preſent ie vous
    Ny d'eſprit ny de corps,   (quitte

3

Quoy que mes ennemis en faſſent la pourſuitte,
  Par de ſi grands efforts.
Ny ne permetez pas que ie ſois plus eſclaue
  De tant de pations,
Qui m'ont depuis long-temps faict eſcumer la
  Qu'ont eu leurs motions.   [baue
Non ne conſentez point que moy-meſme ie guide
  Ny mes pieds ny mes mains,
Que iamais ie ne ſerue vn maiſtre ſi perfide
  Non plus que ſes deſſeins.
Non non, ne veüillez pas ô bonté plus aymable
  Qu'on ne vous ayme pas,
Que mon cœur ait le gouſt de ce gouſt periſſable
  Qu'on prodigue icy bas.
Qu'inſtruit à mes depens & des voiſins encore
  Mes ſoins ny mes deſirs
Ne reçoiuent iamais rien qui vous des-honore
  Contraire à vos plaiſirs.
Que mes yeux ny mes ſens n'aillent plus à la queſte
  De leurs obiets trompeurs,
Mais que dans l'aduenir ils cherchent la retraite
  De vos antres obſcurs.
Afin que pour vous ſeul dans le regret ie viue
  Auec ce ſouuenir,
Que rien ne me ſçauroit, helas ! quoy qui m'arriue
  Aſſez fort me punir.
Que ie meure ſans ceſſe au centre de moy-meſme
  D'vn deſſein reſolu,
Pour iouyr du bonheur de l'ame qui vous ayme
  Dans ce monde polu.
Que rien de ce qui vit ne viue dans ma vie
  Par ſes allechemens,
Mais que i'embraſſe heureux tout ce qui me côuie
  A ſuiure vos tourmens.

F I N.

VIVE IESVS,

LA PHISIONOMIE

A PHILANTHE.

Où est monstré le iugement que nous
deuons faire sur le visage des hommes selon la verité de l'Escriture
Saincte.

A MONSIEVR MONSIEVR

DE CAVLET, TRESORIER
General de France.

ONSIEVR,

Ie vous presente les veritables pensées que
nous deuons auoir sur le visage des hommes où

vous pourrez remarquer que l'vtile y est inse-
parablement lié auec le delectable ; vous ferez
bien aife fans doubte d'y voir que tout le mon-
de peut eftre Phifionome pour admirer les bien-
faicts incomparables de Dieu, fi tout le monde
veut auoir les mefmes fentimens en regardant
la face de fon prochain ; châcun fe mefle d'en
parler, chaqu'vn en traicte à fa façon, chaqu'vn
croid en eftre fçauant comme en ayant quelque
principe de la Nature, mais bien peu font-ils les
reflexions qu'il faudroit faire, fur le vifage, car
fi les hommes s'y vouloiët eftudier, la côcupifcen-
ce des yeux n'aïroit pas le credit qu'elle a dans
le monde ; apres auoir donné le Corps à Mon-
fieur voftre frere le Prefident à Mortier, i'ay
creu que vous ne treuueries pas mauuais que ie
vous offriffe les yeux & le vifage de ce mefme
corps puis qu'il y a treuué quelques diuertiffe-
mens afin que vous en fiffiez le mefme en cet
ouurage icy que fi ie fuis affez heureux d'y pou-
uoir reüffir, ie beniray le iour qui m'a faict naî-
ftre la penfee de vous le faire voir, parce qu'auec
le mefme agréement ie prendray la qualité.

MONSIEVR, de

Voftre tres-humble & tres-
obeïffant feruiteur.
CLERMONT, Preftre
indig.

Signasti super nos lumen vultus tui
Domine. Psalm. 4.

I. STROPHE.

IE veux bien satisfaire à vos desirs Philanthe
    Quoy qu'ils soient curieux,
Pour estaler au iour la nature excellente
    Qui paroist dans nos yeux.
Plusieurs pour n'en sçauoir la vraye intelligence
    Blasment absolument,
Tout ce que l'on en dit comme vne grand'offence
    Digne de chastiment.
Mais il me pardonront si ie dis que leur blasme
    Ne suit pas la raison,
Puis que nous ne pouuons, ny voir assez nostre
    Ny sa perfection.   (ame,
Ce n'est pas que i'appreuue icy les axiomes
    Qu'on tire de cet art
Ny ce que nous ont dit tous ces Phisionomes
    Sur le moindre regard.
Dans les extremitez les vices d'ordinaire
    Se voyent clairement,
Tandis que les vertus partagent au contraire
    Leur sort également.
Tout ce que ie pretends à present vous en dire
    Comme bien secondé,
Dans les diuins escrits vous y pourrez le lire
    Où le tout est fondé.
Du mouuement des yeux, du rire de la bouche
    Tout l'homme se peut voir
Pour le moins aussi bien que tout ce qui le touche
    Mieux que dans vn miroir.
Quand donques nous disons que des traicts du vi-
    L'on peut coniecturer ;   (sage

C'eſt parce que noſtre ame auec plus d'aduantage
    Y vient pour s'y monſtrer.
Les yeux ſont ſes miroirs & ſes belles feneſtres
    Où ſouuent on la void,
Bien qu'elle ſoit eſprit ; elle y vient voir les eſtres
    Ainſi qu'elle les croiſt,
Et ne diſons nous pas que dans l'intelligence
    Rien ne ſçauroit entrer,
Qu'il n'ait eſté paſſé par le ſens par auance
    Comme pour s'eſpurer ?
Nous couurons tout le corps excepté noſtre face
    Qu'on tient à deſcouuert,
Comme eſtant l'eſcuſſon où l'ame tient ſa place
    Et ſon palais oüuert.
Lors que Dieu forma l'homme à l'image & ſem-
    De ſa Diuinité,   (blance
Il eſt dit qu'il ſoufla ſur elle l'excellence
    De ſa conformité.
Pourquoy Moyſe eut dit pluſtot ſur le viſage
    Que deſſus tout le corps,
Sinon parce qu'il eſt le plus parfaict image
    Qu'elle eſt dans tous ſes bords?
Il n'y a rien ça-bas qui paroiſſe ſi proche
    De la Diuinité,
Que l'ame raiſonnable & qui vit ſans reproche
    Dedans l'Humanité,
Il n'y a donques rien de ſi beau que noſtre ame
    Puis qu'elle ſemble à Dieu,
Qu'on ſçait la beauté meſme & le miroir ſans blâ-
    Dans ce terreſtre lieu.   (me
Auſſi n'auons-nous rien qui ſemble dauantage
    Noſtre ame en tout le corps,
(Ainſi que chacun ſçait) comme fait le viſage
    Dans ſes Diuins accords.

C'eft le plus bel endroit & le plus agreable
Que la nature ait faict,
Eſtant ſi bien tiré par ce Peintre adorable
Que tout y vit complet.
Les peuples moins polis dedans leur ignorance
Adorent ſa beauté,
Et ſans ſçauoir que c'eſt cedent à l'excellence
Qui faict ſa Majeſté,
La plus-part des Payens en diſent des merueilles
Dans leurs rares eſcrits,
Et ne ſe laſſent poinct parmy leurs doctes veilles
D'en augmenter le prix.
Ce beau ie ne ſçay quoy de valeur infinie
(Diſent-ils) nous rauit,
Il exerce ſur nous ſa douce tyrannie
Ainſi comme elle luit.

II. STROPHE.

Il ne comprenoient pas que c'eſtoit ce viſage
Si charmant & ſi beau,
Qui de noſtre ame eſtoit l'incomparable image
Comme vn riche tableau.
Laquelle ayant eſté faicte ſur le modelle
De la Diuinité,
Reiallit dans les yeux dont l'eſclat qui vient d'elle
En a quelque beauté.
On dit que Phidias fit iadis dans Athenes
Vn ouurage ſi beau,
Que la poſterité doubteroit de ſes peines
S'il eſtoit au tombeau.
Mais comme il vit encor ſur les marbres de pare
Des eſcrits des ſçauans,
La creance de tous ſans doubte luy prepare
Les ſiecles & les temps.

C'eſtoit

C'eſtoit vne Pallas artiſtement grauée
  Aueques vn bouclier,
Sur lequel il laiſſa d'vne main acheuée
  Son pourtrait tout entier.
Mais auec tant d'adreſſe & tant de ſuffiſance
  Que nul ne pouuoit pas,
L'effacer de deſſus, ſans perdre l'excellence
  De cette grand Pallas.
Dieu parfaict tout ainſi deſſus noſtre viſage
  Sur lequel il s'eſt peint,
Auec tant de beauté qu'en terre c'eſt l'image
  De ſon eſprit tres-Sainct.
Puis qu'il va reſpõdant aux beaux traicts de noſtre
  Leſquels brillent par tout,   (ame
Si nous en remarquons alors qu'il nous enflame
  Ses beautez iuſqu'au bout.
C'eſt là qu'elle paroiſt par tous les ſens enſemble
  Auec leurs mouuemens,
Ainſi qu'vn horologe auquel elle reſſemble
  Par ſes rauiſſemens ;
On cognoiſt à la monſtre & les quarts & les heu-
  Sans en voir les reſſorts,   (res
Ainſi ſur le viſage on cognoiſt les poſtures
  De l'ame dans le corps.
Toutes ſes facultez & toutes ſes puiſſances
  Et ſes affections,
Ne peuuent s'empecher malgré ſes complaiſances
  Comme nous le voyons
C'eſt le beau frontiſpice eſleué de la teſte
  Où l'ame tient ſa Cour,
Exerçant ſes conſeils par la raiſon qui traite
  De ce qui vient au iour.
Ce diuin Architecte afin qu'auec aiſance
  On peut coniecturer,

Que le sejour de l'ame est là par excellence
　　　Il nous le veut monstrer.
Mettant cét escusson tout-à-fait à l'entrée
　　　Quoy qu'à plusieurs quartiers,
Lequel en abregé comprend la grand contrée
　　　De ses titres diuers.
Car il est la beauté des beautez corporelles
　　　Tres-agreablement,
Comme nostre ame l'est dans les spirituelles
　　　Tres-magnifiquement.
Et toute la beauté de nostre corps consiste
　　　En trois grands fondemens :
Dans la varieté ; la couleur qui l'assiste
　　　Et ses ajustemens.
Or il n'a poinct au corps aucune autre partie
　　　Ou tout soit raporté,
Ensemble d'vn accord ny si bien assortie
　　　Si diuerse en beauté.
Philanthe nous voyons nos sens & leurs organes
　　　Là, fort bien assemblez,
Aussi bien les plus saincts comme les plus propha-
　　　En sont tous bien meublez,　　　(nes
La, diuersité d'os, nerfs, muscles, cartillages
　　　Y paroissent toûjours,
Arteres, veines, peaux, dans leurs doux assembla-
　　　Descouurent les beaux iours.　　　(ges
Plusieurs positions, d'assietes & figures
　　　Sont dedans ce miroir,
Si bien que le visage emprunte les natures
　　　Les plus belles à voir.

III. STROPHE.

Là le front arrondi tient le haut comme vn throf-
　　　Où la raison s'assoit,　　　(ne

Les yeux ſuiuent apres dont le brillant eſtonne
    Celuy qui le reçoit.
Dans le troiſiéme rang paroiſſent les oreilles
    Comme les auditeurs,
Ces deux grands officiers qui font tant de merueil-
    A l'endroit de nos cœurs.   (les
Puis apres ſuit le nez ainſi que les goutieres
    Du craſne & du cerueau,
Ces canaux des odeurs, aux poulmons neceſſaires
    Pour prendre vn air nouueau.
La bouche eſt la plus baſſe armée des machoires
    De la langue & des dents,
Afin d'articuler, ou le blaſme, ou la gloire
    Que l'ame a faict dedans.
Et ſeruir de moulin à l'eſtomach encore
    Pour nourrir tout le corps,
Sans lequel periroit tout ce qu'il peut enclorre
    Auec tous ſes reſſorts.
Les ſourcils limitant le front par deux arcades
    Seruent comme de toict,
Et vont couurant les yeux qu'ils ſoient gays ou
    Ou comment que ce ſoit.   (malades
Le nez bien eſleué comme vne grand tournelle
    Il les va diuiſant,
Et les flanque à rauir ſeparant leur prunelle
    Comme en aboutiſſant.
L'oreille eſt en arriere eſleuée en coquille
    Touſiours preſte d'ouyr,
Eſtant en l'homme ſeul le ſeul membre immobile
    Afin de l'éjouyr,
Les ioües, le menton par grand prerogatiue
    Font l'accompliſſement,
Parce qu'il eſt le ſeul à qui ce bien arriue
    Particulierement.

Au regard des couleurs on en void au visage
　　　　Plus qu'au reste du corps
Aueques plus d'esclat & d'vn plus bel vsage
　　　　Qu'on n'en peint au dehors.
Aux yeux on void la noire, & blanche,& verte,&
　　　Comme la brune aussi,　　　(perse
Selon que les humains ont leur humeur diuerse
　　　　Tirée en racourcy.
Es fourcils, & la barbe , on void la couleur noire
　　　　De Chastaigne ou d'argent,
Selon l'âge & les mœurs qui paroist si notoire
　　　　En chaque homme changeant.
Au reste de la face est la couleur vermeille
　　　　Comme la rouge encor,
Auec grand ornement paroissant à merueille
　　　　Dans ce petit thresor.
Apres pour le regard de la grand Symmetrie
　　　　De sa proportion,
On n'y peut ajouster pas la moindre industrie
　　　　A sa perfection.
D'vn tres-iuste raport on void chaque partie
　　　　Regarder l'autre aussi,
L'œil droit dont la beauté luit si bien assortie
　　　　Suit le gauche en cecy.
En mesme quantité ; de qualité de mesme
　　　　Et pareil mouuement,
Ils sont si mesurez que l'vn sans l'autre n'ayme
　　　　Rien moins egalement.
A narile, narile, & la iouë à la iouë
　　　　L'vn à l'autre respond,
Et la leure à la leure, où la douceur se iouë
　　　　Ainsi que sur le front.
A la grandeur de l'œil la grandeur de la bouche,
　　　　Se pourra mesurer,

A la largeur du front la longueur du nez touche
 Pour le luy comparer,
Par la longueur du nez, le menton & les leures
 Se vont egalizant,
Et les plus grands ouuriers ont tous pris leurs me-
 Sur ces proportions, (fures
Afin de compaffer leurs frizes & moulures
 A leurs intentions.

IV. STROPHE.

Les ouurages parfaicts auec les Architraues
 De tous les baftimens,
Ont efté pris fur ceux qui prennent tant d'efclaues
 Par leurs agréemens.
Voire mefme le corps dans fa rare excellence
 Eftant pris tout entier,
A feruy dé patron aux maiftres d'importance
 Qui fçauoit leur meftier.
Et les hauteurs, longueurs,& largeurs des nauires
 Tant dedans que dehors,
Ont efté de tout temps ainfi que leurs empires
 Prifes deffus le corps.
Comme nous en voyons l'excellente pratique
 En l'arche de Noé,
Et dans le tabernacle où luifoit la fabrique
 Par Moyfe efleué.
De plus dedans ce temple où Salomon fit faire
 Tout ce qu'on pouuoit voir,
De pretieux, d'exquis, pour admirer & plaire
 Par fon diuin pouuoir.
Et d'autres baftimens dont les rares ftructures
 Sont au vieux teftament,
Que ces parfaicts ouuriers ne prenoient leurs me-
 Qu'au corps tant feulement. (fures

Voila donc la beauté de l'ame en pourtraiture
       Tirée en abregé,
Deſſus noſtre viſage aueques ſa figure
       Quand il n'eſt pas changé.
Philanthe maintenant voyons y ſes puiſſances
       Auec leurs facultez,
Pour admirer bien mieux les richeſſes immenſes
       De ce Dieu de Bontez,
Tout ce qu'il a donné c'eſt pour le reconnoiſtre
       Qu'il nous faict ſes preſens,
Afin que de ſon los noſtre langue puiſſe eſtre
       L'echo dans tous les temps.
Il n'a rien en horreur comme l'ingratitude
       Dont il a bien raiſon,
Puis qu'il nous à creés aueques tant d'eſtude
       Hors de comparaiſon.
L'image de noſtre ame eſt la vray reſſemblance
       Ie dis des facultez,
Premierement es yeux on void l'intelligence
       Auec mille beautez.
Car tout ce qu'elle faict au regard de noſtre ame
       Les yeux le font au corps,
Dans les meſmes deſſeins, comme elle les enfla-
       Ils le font au dehors,   ſ (me
Auec l'entendement les ſpirituelles
       On void euidēmment,
Et par les yeux du corps on void les corporelles
       Toutes bien clairement.
Nous voyons auec luy cette belle lumiere
       De la Diuinité,
Dont la grande luëur qui ſe rend couſtumiere
       A tant de Majeſté.
Et par meſme moyen nous voyons tous les Anges
       Ces eſprits bien-heureux,

Qui ne ceſſent iamais à chanter ſes loüanges
    D'vn ton ſi genereux.

Et par les yeux du corps la lumiere du monde
    Ie dis ce beau Soleil,

Nous paroiſt tous les iours par ſa bonté feconde
    Sans ſecond ny pareil.

Et tous ces autres feux, ces mouuantes eſtoiles
    Nous paroiſſent Auſſi,

Pour verſer dans nos corps la vigueur & les moüe
    D'vn paiſible ſoucy.   (les

Comme l'entendement eſt de grand'eſtenduë
    Par ſa propre vertu,

Eſtant ſpirituel ſans force recognuë
    Quoy que bien reueſtu.

Car ſa viuacité dont la grand cognoiſſance
    S'en va preſque par tout,

Il a de tout auſſi ſouuent l'intelligence
    D'vn bout à l'autre bout.

De meſme l'œil humain ſon parangon bien pro-
    Comme ſon reſpondant,   (che

Quoy que ſa quantité du rien preſque s'aproche
    L'imite cependant.

V. STROPHE.

Car c'eſt le moindre ſens le plus grãd en domaine
    Ayant plus d'action,

Qui peut quoy que petit & ſans prendre de peiñe
    Suiure ſa paſſion.

Veu que cette partie où conſiſte la veüe
    N'à pas plus de grandeur,

Que l'eſt vne l'entille à nous meſme connuë
    En toute ſa rondeur.

Et neantmoins elle a (choſe bien admirable)
    Cette capacité,

Ariſt.
l. 1. me-
taph.
c. 7.

De comprendre les Cieux & l'Vniuers aymable
　　　Dans son actiuité.
Dans vn inftant elle a cette grande figure
　　　Laquelle elle reçoit,
Combien qu'infiniment elle foit fans mefure
　　　Moins qu'elle n'aperçoit.
Elle penetre tout iufqu'au Ciel plus fublime
　　　Comme vn entendement,
Petit & corporel qui fe rend tout intime
　　　Au monde egalement.
Où tous les autres fens ont chacun leur domaine
　　　Reduit au petit pié,
Et n'y en a pas vn ainfi qui fe promeine
　　　Qui ne foit limité.
L'atouchement n'a rien que les qualitez feules
　　　Des quatre premiers rangs,
Le gouft a les faueurs, l'odorat a fes bules
　　　Et l'oreille fon temps.
Outre que l'action qu'ils ont eft fort groffiere
　　　Et fort terreftre encor,

Arift. l.
de fenfu
c. I.
Car l'oreille qui vit des fçauans la portiere
　　　Ainfi que leur threfor.
Eft beaucoups plus tardiue à la prife excellente
　　　Qu'elle fait de l'obiet,
Que ne faict pas noftre œil comme on l'experi-
　　　Sur le moindre fubjet.　　　(mente

Arift. l.
2. metr.
c. 8. l. de
mundo
c. 13.
Lors qu'on entend gronder les efclatans tönerres
　　　Nos yeux ont pluftot veu,
Le brillant qui paroift parmy toutes ces guerres
　　　Que l'oreille entendu.
Quoy que le bruit precede en ces artilleries
　　　La luëur de l'efclair,
Que la fubtile veüe en fes geometries,
　　　A pluftot veu dans l'air.

　　　　　　　　　　Pour

Pour toutes ces raisons noſtre œil a pris ſon ſiege
    Icy plus hautement,   (ge
Comme eſtant le plus digne & qui plus prés aſſie-
    Touſiours l'entendement.
Auſſi c'eſt pour celà que ſouuent il luy donne
    Les faueurs de ſon nom,   *Pſal.118*
Ainſi qu'il eſt eſcrit que Dauid en perſonne *18.*
    Luy baille ce renom.
Comme d'Adam & d'Eue il eſt dit que leur veuë
    Les fit connoiſtre nuds,
Ce n'eſt pas qu' elle fut de clarté dépourueuë
    A pas vn de tous deux.
Mais c'eſt que le peché qui leur oſte la grace *Aug. L.*
    Si miſerablement,   *14. de*
Leur fit voir que leur ame eſtoit dans la diſgrace *ciuit.c.*
    Par leur entendement.   *7.l.1.de*
Eſtant lors deſpoüillés des grands prerogatiues *gener.*
    Qu'elle auoit quant & ſoy,   *ad lit.*
Qui leur fit proferer les paroles plaintiues *c.13.l.1*
    Qui cauſoit leur eſmoy.   *locu. in*
Le meſmes en arriue à l'ame pechereſſe   *gener.*
    Diſoit Serapion,   *ner. 9.*
Laquelle ſent le feu ſeulement quand il preſſe
    Par ſa viue action.
Ainſi les yeux de Dieu ſont ſon intelligence
    Et ſa ſcience auſſi,
Voyant,conſiderant,& par ſa prouidence
    Sçachant le tout icy.
Tout de meſme qu'au corps il y a deux lumieres
    Auſſi l'entendement,
En a deux auſſi bien leſquelles vont premieres
    En tout euenement.
Sçauoir en premier lieu c'eſt ſon intelligence
    Puis aprés ſa raiſon,
                G

L'intelligence c'eſt lors qu'il prend connoiſſance
Sans la reflection.

VI. STROPHE.

Et la raiſon eſt quand par diſcours il reſonne
Et reuient ſur ſes pas,
Pour ſe fortifier ſi ſur ce qu'il ordonne
Il ne ſe ſuiuoit pas.
De plus comme és eſprits la faculté d'entendre
Varie bien ſouuent,   (dre
De meſme auſſi les yeux en leur fait de compren-
Se troublent bien auant.
Les vns ne voyent pas ſi le Soleil n'eſclaire
Et ne peuuent rien voir, miſphere
S'il fait trouble ou bien quand dedans l'autre he-
Le Soleil va rechoir.
D'autres voyent la nuict & le iour ont la veuë
Dans l'afoibliſſement,
Tant la nature humaine eſt diuerſe & pourueuë
De tout euenement.

Plin. l.
11. c. 37
Sueto.
in tyber

Tybere s'éueillant durant la nuict obſcure
Y voyoit pour vn temps,
Et Neron au rebours eſtoit d'vne nature
A ne voir pas ſes gans.
Les vns regardent droit les autres au contraire
Regardent de trauers,
Chacun des hômes a dequoy pouuoir pourtraire
L'honneur de l'Vniuers.
Ainſi le Createur a peint dans le viſage
Ces beaux yeux interieurs,
Et noſtre entendement eſt fait comme l'Image
De nos yeux exterieurs.
De ſorte que l'on peut adorer l'excellence
De ſes diuines mains.

Toutes & quantesfois que dans noſtre preſence
　　Paroiſſent les humains.
Cét admirable Peintre en tout incomparable
　　Ne s'eſt pas oublié,
D'y tirer au naïf la volonté muable
　　D'vn pinceau délié.　　　　　(ame
Nous auons dit ſouuent qu'elle eſtoit de noſtre
　　La puiſſance & l'honneur,
La liberté de plus auſſi bien que le blaſine
　　Qui loge dans le cœur.
Tout cela nous paroiſt au dedans de la bouche
　　Tres-efficacement,
Puis qu'en elle reluit la force qui plus touche
　　L'homme preciſement.
D'vne force en effet bien plus ſpirituelle
　　Que n'eſt celle du bras,
D'autant que celle-cy eſt toute corporelle
　　Toûjours dans l'embarras.
Mais l'autre force c'eſt la puiſſante parole
　　Qui s'y forme dedans,
Par les quatre inſtrumens dont elle fixe & cole
　　Ses diſcours euidans.
Cette voix ainſi faite à bon droit eſt nommée
　　Par vn grand Medecin,
La plus forte action que noſtre ame ait formée
　　Par vn pouuoir diuin.
Tout ce que l'ame fait pour monſtrer ſa puiſſance
　　Tout cela dis-je eſt rien,
Alors que par le bras elle fait violence
　　Au prix de l'autre main.
Par la vertu des bras elle combat les beſtes
　　Et les hommes encor,
Mais auec la parole elle combat les teſtes
　　Toutes remplies d'or.

La langue les dents les leures le palais.

Galen.

Les bras iettent les fers aux pieds des corps farou-
        Pour les rendre captifs,   (ches
Mais la parolle ouurant les torrêts de ses bouches
        Prend les morts & les vifs.
Les sçauans ont monstré cette force admirable
        Par l'Hercule Gaulois,   (bse
Lors qu'ils nous l'ont dépeint d'vne façon ayma-
        Liant tout à la fois.
Des peuples à l'oreille aueques des chenettes
        Deliées & d'or,   (tss
Qni sortoit de sa bouche enleuant leurs conque-
        Ainsi que leur thresor.
Le grand S. Chrisostome acquit cette loüange
        Par l'or de ses discours,
Qui sortoient de sa bouche ainsi comme d'vn
        Auec tant de concours   (Ange

VII. STROPHE.

Les hommes par la bouche, enleuent, greslent, ton-
        Les cœrs des auditeurs,   (nent
En la chere, au barreau, ils foudroyent, estonnent
        Mesme leurs ergoteurs.
Toutes nos passions par elle sont domptées
        Bien efficacement,   (tées
Et semble qu'elles soient par la bouche enchan-
        Imperceptiblement.
Le Soldat animé s'offre dans les batailles
        Lescolier est instruit,
Le marchant est dressé pour grossir ses medailles
        Tant le iour que la nuict.
Ainsi par la parole est monstré la puissance
        Sur l'homme & les esprits,
Auec vn tel bon-heur que dans cette excellence
        On ny void point de prix.

Alors que Dieu regnoit tout feul dedans foy-
   En fa felicité,   (méme
Des fiecles entouré, d'vne façon extreme
   Dans fon Eternité.
Ouurant comme il luy pleut la bouche tout-puif-
   De fon cœur infiny   (fante
Il engendra fon fils par la voye excellente
   Que nul n'a deffiny.
Tout puiffant comme luy, tout bon, tout grand &
   Sçauant, Dieu, Roy, Seigneur, (fage
Son égal en tous biens en âge & en courage
   De fon los poffeffeur.
Sçauoir eft fon cher Verbe auquel eft deu la
   Plus fans comparaifon,   (gloire
Que nous ne pouuons pas auec noftre memoire
   Ou par noftre raifon :
Quand il voulut monftrer lors a la creature
   Deçà l'Eternité,
Sa tout-puiffance encor ouurant la bouche pure
   De fa diuinité,
Par fa forte parole il fit fortir en eftre
   Tout ce qu'on void de fait,
Afin qu'elle conneut qu'il faloit reconnoiftre
   Cét infigne bien-fait.
Et bien qu'il n'aye point de bouche corporelle
   Il a ce nonobftant,
Voulu le declarer comme prouenant d'elle
   Pour le rendre efclatant.
Et conuenablement par tels mots pris de l'hóme
   Pour noftre infirmité,
Il les a pris exprés pour nous monftrer en fomme
   Sa grande faculté.
Que fi vous refpondés par voftre docte efcole
   Qu'elle vient de plus loin,

Et que la bouche n'a cette belle parolle
    Que comme son tesmoin.
Attendu que sa source originaire est l'ame:
    I'aduouë qu'il est vray,
Veu que les actions que le corps fait & trame
    Sont de son cru doré.
Mais cela declarant ma pensée & mon dire
    Le confirme aussi bien,
Que la bouche en effect n'est pas l'image pire
    Du seul vouloir humain.
Mais qu'elle represente aueques excellence
    Cette grand faculté,
En tant que l'on y void la digne tout-puissancé
    De noftre volonté.
Car ainsi que l'ame est la cause & la racine
    Qui pluftost la conçoit,
La bouche est l'instrument & la forme diuine
    Qui l'enfante & reçoit.
Par le commandement de sa plus proche image
    Ie dis la volonté.
Qui luy sert en cela d'vn digne témoignage
    Auec authorité.
Philanthe ie pourrois dire encore que comme
    Cette grand puissance est
Subiet de l'apetit de l'ame, dedans l'homme
    Veritable & parfait.
Aussi la bouche l'est du corps dans la nature
    Comme on le peut ouyr,
Puis que souuent Goufter est mis dans l'escriture
    Pour vouloir & jouyr.

VIII. STROPHE.

Gouftés & puis voyés dit Dauid le Prophete
    Si le Seigneur est doux:

C'eſt à dire apliqués voſtre volnnté droiᶜte
    Pour jouyr de ſes gouts.
Ie pourrois alleguer pluſieurs ſimilitudes
    Priſes deſſus le corps,
Mais c'eſt aſſés monſtré que dans ces habitudes
    La bouche a ſes raports.
Et quant au franc arbitre entant que la ſeconde
    Des belles qualités,
Que noſtre volonté tient dans ſon petit mõnde
    Riche de libertés.
Il nous eſt viuement dépeint dedans la langue
    Le membre plus gliſſant,
Que nous ayons au corps ſoit il dans quelque ha-
    Soit il en ſe taiſant.   (rangue
La langue eſt toute à ſoy, tantoſt elle s'auançe
    Dedans ſes mouuemens,
Puis elle ſe retire & ſe hauſſe ou s'eſlance
    Dans les meſmes momens.
Il ny a point de coin dans ſon rare domaine
    Qu'elle n'aille par tout,
Tout ainſi qu'il luy plaiſt ſe meut & ſe promaine
    D'vn bout à l'autre bout.
Le bras quoy que bien libre au beau premier ren-
    Il peut eſtre lié,   contre
Ainſi que tous les iours l'experience monſtre
    Sur le plus delié.
Mais auant d'arreſter la langue & ſes murailles
    Il faut bien des efforts,
Et ny a que les nœuds des ſeules funerailles
    Qui lient ſes accords.
La foibleſſe & le chaud voire la laſſitude
    Ainſi comme le froid,
Quelque Paraliſie arreſtent vn bras rude,
    Mais elle ils ne pourroit.

Et quant bien tout le corps feroit dans fa boëtte
    Sans faire pas vn ply,
Bien iufte à fa mefure encore plus eftroite
    Que dedans vn eftuy.
La langue neantmoins s'y jouëra fort libre
    Au dedans fa maifon,
Sans qu'on puiffe empefcher fon mouuant equili-
    Ny la mettre en prifon.   (bre
Eftant vn vif pourtrait de noftre franc arbitre
    Tellement excellent,
Qui dedans les prifons auec vn iufte tiltre
    Sera toufiours brillant.
Les flames, les liens, les croix, les fers, les gehenes
    Ny mefmes ler tourmens,
N'empécheront iamais les caprices hautaines
    De fes libres momens.
Et ne cedera point mefmes à la contrainte
    Quoy qui puiffe arriuer,
Ainfi que noftre langue en dône quelque atteinte
    Dans le cœur de l'hyuer.
En la mefme partie en treuue auffi l'image
    De vice ou de vertu,
Car la parolle eftant le truchement à gage
    Dont il eft reueftu.
Elle eft le premier bafe ou fort fouuent on donne
    Le nom du mal ou bien,
Selon qu'on pourra voir parler quelque perfonne
    Dans le moindre entretien.
Democrite difoit la parolle eftre l'ombre
    Des œuures des humains :
Demonax qu'elle eftoit vne grand glace fombre
    Qu'ils tenoient dans leurs mains,
Bias que toute langue eftoit le bon au pire
    Du corps facrifié.

                         Et

Et S. Iaques enfin qu'en vain quelqu'vn souspire
    S'il n'est mortifié.
Elle est comme vn écho, car le fol des folies
    S'entretiendra tousiours,
Et le triste aussi-bien de ses mélancholies
    Faira des grands discours.
Si l'ame est iuste & saincte on en verra des preu-
    Agreables à tous,   (ues
Mais estant inconstante incontinent tu treuues
    Sur sa langue ses gouts ;

IX. STROPHE.

Sa force est aussibien du tout incomparable
    En tout ce qu'elle veut,
Domptant comme il luy plait ce qui semble in-
    Parce qu'elle le peut.   domptable
Nous voyons au visage encore la memoire
    Tracée excellemment,
Ez oreilles qui sont son honneur & sa gloire
    Et son digne ornement.
Tant par l'office exquis qu'elles rendet sans cesse
    Qu'en leur capacité,
Receuant bien tousiours & retenant sans presse
    Tout ce qu'on a dicté.
C'est le beau magazin des grandes connoissances
    Comme aussi des secrets,
Que l'ame peut auoir dedans les excellences
    De tous ses beaux decrets.
Le mesme se peut voir contemplant leur assiete
    Car en ce qu'elles sont,
Releuées au loing du visage, en retraitte
    Pour leur office prompt.
Elles nous monstrent bien comme au vif la me-
    Laquelle semble aussi,   (moire

H

Auoir ſon ſeiour loin d'vne façon notoire
    Comme on le void icy.

Veu qu'elle ne prend rien qu'en premier lieu ne
    Par noſtre entendement,   (paſſe

Puis par la volonté tenant comme la place
    Du dernier logement.

Auſſi tous les Payens dédioien tleur oreille
    A cette deité,

Qu'ils appelloient memoire aueques la merueille
    Qu'ils nous ont raconté.

C'eſt pourquoy les Latins & les François encore
    Ont tous accouſtumé,

tirer   De ſe ſeruir du mot comme qui rememore
l'oreille   Ce qu'on nous a nommé.

Les vieux Egyptiens addonnés aux figures
    De tous les animaux,

Voulant ſignifier les ſemblances obſcures
    Des plus doctes cerueaux.

Peignoient vn grand renard aueques des oreilles
    Des plus grandes auſſi,

Nous voulant découurir les inſignes merueilles
    De la memoire ainſi.

Or voyons maintenant côme quoy la ſemblance
    Eſt peinte au meſme endroit,

Apres auoir monſtré ſon image en ſubſtance
    Sur le viſage eſtroit.

La ſemblance eſt la grace & les vertus dépeintes
    Dedans nous viuement,

Qui brillent au dehors des ames les plus ſainctes
    Specialement.

L'Eſcriture nous dit que Ioſeph & Suſanne
    Dauid, Iudith, Heſter,

Et pluſieurs autres S. eſtoient blãcs comme man-
    Et beaux à raconter,   (ne

Nous voulant faire voir que les traits du visage
Et leurs lineamens,
Respondoient aux vertus auec grand aduantage
Dans tous leurs ornemens.
Et nostre Sauueur mesme en son diuin visage
Portoit des traits si doux,
Que chacun pouuoit voir le precieux Image
Qu'il auoit pris pour nous.
Ainsi que Dauid dit tu vis parfait en grace
De mesme qu'en beauté,
Par dessus les enfans de cette humaine race
Que tu as emprunté.
La Vierge aussi portoit sur sa face adorable
Le pourtrait des vertus,
Dont son ame excellente en tout recommãdable
Brilloit de plus en plus.
Comme le vray pourtrait qui se void à Venise
Que sainct Luc a laissé,
Nous le donne à connoistre auec la grace exquise
Qu'il nous y a tracé.
Et sur d'autres pareils rauissans exemplaires
Retires d'iceluy,
Qu'on garde en maints endroits comme des reli-
Encores aujourd'huy   (quaires

Sigon.
in hist.
ital.

X. STROPHE.

Et s'accordent tres-bien pourtraisant cette aurore
A la description,
Qu'en a fait Epiphane aueques Nicephore
Dans leur relation.
Au front & aux Sourcils, aux yeux & sur les joües
On lit parfaictement,
Ainsi que sur la bouche & le reste des roües
De ce beau firmament.

La rare modeſtie & la douce prudence
Comme la grauité
Que cette grande Reyne auoit par excellence
Auec tant de beauté.
Que ſi l'image ſeule & artificielle
Nous monſtre les threſors,
Que cette ame diuine auoit au dedans d'elle
Par les rayons du corps.
Qu'eſt-ce que pouuoit faire eſtant encore en terre
Cette Mere de Dieu ?
Combien naïuement les grãdeurs qu'elle enſerre
Monſtroit elle en ce lieu ?
Or Dieu fait entreſuiure ainſi la conuenance
Souuent de tous les deux,
Que par vn cas ſoudain changeant d'vn la ſem-
L'autre ſuit bien-heureux.   (blance
Moyſe ayant eſté long-temps ſur la montagne
S'en reuint ſi changé   (gne
Que comme en vn Soleil qui luit dans la campa-
Il parut engagé.
Si bien que les Hebreux ne pouuoiẽt voir ſa face
A cauſe de l'eſclat,
Qui les ébloüiſſoit aueques tant de grace,
Ou qu'on le contemplat.
Cét accident nouueau qu'il auoit au viſage
Ie dis cette luëur,
Monſtroit la grace acquiſe aueques aduantage
Qu'il auoit dans ſon cœur.
Et comme l'ame eſtoit d'vne force embelie
En Dieu nouuellement,
Sa face à meſme-temps ſe trouuoit ennoblie
D'vn nouuel ornement.
Or comme le viſage eſt la monſtre fidelle
Des diuines vertus,

Auſſi ſouuent eſt-il des vices le modelle
    Ainſi qu'ils ſont veſtus
Marius auoit vn œil ſi rude, & ſi farouche
    Qu'il lia les deux mains,
De celuy qui vouloit leur verſer dans la couche   *Plutar.*
    Des noirs Royaumes vains.   *in mar.*

Et luy faiſant tomber à terre le courage
    Aueques ſon poignard,
Il luy fit aduouër a ſon deſauantage
    La peur de ſon regard.

Il auoit auſſi l'ame en tout bien accordante
    A ſes regards hideux,
Et ſa mine felonne eſtoit bien reſpondante
    A ſon eſprit fougeux.

Voyant Caligula laid, difforme & Mauſade   *Sueton.*
    On iugeoit aiſément,   *in Calig*
Que ſon ame cruelle eſtoit auſſi malade
    Que ſon déportement.

Cadoualdus Anglois eſtoit vn Roy barbare
    En tout ce qu'il faiſoit,   *Polido.*
Si bien que ſes ſubjets tenoient ſon pourtrait rare   *l. 4*
    Pour la peur qu'il donnoit.

Car tous leurs ennemis voyant cette figure
    Si haute en cruauté,
Fuyoient comme éperdus cette horrible poſture
    D'vn pas precipité.

Homere depeignant la teſte de Terſite   *Iliad. 2.*
    Et ſon viſage auſſi,   *iuuenal*
Quand il ne diroit mot de ſon ame maudite   *ſatir. 8.*
    Ses yeux parlent pour luy.

Tous les anciens donnoient a cette conuenance
    Vn ſi puiſſant credit,
Qu'ils en auoient ouuert vne eſchole à regence
    Ainſi comme l'on dit

Et ceux lesquels faisoient la fonction expresse
Se faisoient appeller,
Phisionomes tous ; aueques grande adresse
Aprenant d'en parler.

XI. STROPHE.

L'Aristote fameux, ce miracle du monde
Qui comme vn Thresorier,
A compris le sçauoir ; sans qu'aucun le seconde
Comme son heritier.

Arist.
Phisic.
l. 2. de
hist.
anim.
c. 8.

En a fait vn traicté digne de son merite
Qu'on ne peut trop vanter,
Auec tant de bon-heur qu'en vain quelq'vvn me-
De pouuoir l'imiter.   (dite
Plusieurs graues autheurs d'vne plume flatuse
En ont aussi traicté,

Alex.
ab. alex
l. 2. c. 9.

Donnant a châque endroit de la face amoureuse
Vn éloge vanté.
Pline ce grand chercheur des choses de nature
En parle élegamment,
Disant que l'homme seul est pourueu de figure
Parlant humainement.
Si plusieurs animaux ont quelque front encore
Digne d'estre vanté,
C'est sans doubte dit il plustost par Metaphore
Que par la verité.
Car en celuy de l'homme on y peut voir la joye,
Ou quand il est fasché,
S'il est bon, ou cruel, c'est là qu'il y desploye
Tout ce qu'il a caché.
Aux sourcils on connoit vne personne hautaine
Et c'est là que l'orgueil,
Bien qu'il vienne du cœur establit son domaine
Iusques à son cercueil.
Aussi ne pouuoit il treuuer vn plus haut siege
Et plus imperieux,

Pour regner abfolu fans crainte d'aucun piege
　　Qui peut venir des yeux.
Philanthe vous fçaués ce qu'on dit de Zopyre
　　Ce celebre deuin,
Lequel dedans la grace auoit acquis l'Empire
　　D'vn Prophete diuin.

Cicer.
de fato.

Si vous me demandés s'il faut croire infaillible
　　Tout ce que l'on en dit,
Ie vous refponds que non parce qu'il eft poffible
　　Qu'il à fon contredit.
Nous voyons tous les iours des vifages fans tâche
　　Auec des cœurs tafchés,
Qui monftrent au dehors ce que leur ame cache
　　N'eftant pas recherchés.
Nous voyons dis-je encor des teftes fans cetuelle
　　Tres-bien enuifagés,
Et des ames fans vice auoir vn faux modelle
　　Et des yeux tous changés.
Efope eftoit difforme en fon corps par outrance
　　Et fi ne laiffoit pas,
D'auoir l'ame gentile & pleine d'excellence
　　Dans vn iufte compas.
Au contraire Abfalon eftoit beau par merueilles
　　Comme vn Prince accomply,
Auec vne ame hideufe ayant peu de pareilles
　　Qui fuffent comme luy.
L'infirmité du corps Dieu fouuent recompenfe
　　Ainfi comme il luy plaift,
Par des prefens d'efprit auec magnificence
　　Dans le corps le plus laid.
L'inftruction auffi fouuent forme ou difforme
　　Les traits & les couleurs,
Dont vn ame eft atteinte alors qu'elle eft confor-
　　A fes vrays Precepteurs,　　　(me

Et c'est en ce cas là que le visage trompe
    Tous ces fameux deuins,
Parce que le dedans a pris vne autre pompe
    Par des sentiers benins.
Socrate fut iugé pour cholere & Lubrique
    En presence de tous,
Combien qu'il fut tenu le plus sage & pudique
    Comme aussi le plus doux.
Lors qu'Alcibiades picqué contre Zopyre
    Voulut le mal-traicter,
Pour auoir offencé le plus sage à son dire
    Qu'on eut peu souhaiter.
Mais Socrate arrestant son espée irritée
    Luy dit tout-beau, tout-beau,
Sçache qu'il a bien dit & sa bouche vantée
    N'a rien dit de nouueau.

XII. STROPHE.

Ie serois tel qu'il dit sans la Philosophie
    Laquelle a corrigé,
Les mauuais mouuemens sur lesquels il se fie
    Dont ie suis dégagé.
Ainsi dans son visage il portoit sa nature
    Tel comme il estoit né,
Mais son ame auoit pris la modeste figure
    Dont il estoit orné.
D'autres tout au rebours changent dedans leur
    Leur naturel benin.   (ame
Ainsi que fit Neron lequel viuoit sans blasme
    Auant qu'estre malin.
Et pleuroit de regret donnant sa signature
    Pour punir les forfaits,
Mais il vint si peruers qu'il changea de nature
    Pour punir les biens-faits.

                                Le

Le siecle où nous viuons remply d'Hypocrisie
    Nous est vn bon tesmoin,
De ce que nous disons; d'autant que la faintise
    En a pris tout le soin :
Dans ces exceptions ne laissons de conclure
    Que le visage en soy,
Porte le vray tableau de toute la nature
    Aueques quelque foy.
Car bien qu'il ne s'accorde il dône quelques mar-
    Toûjours de ce qu'il est,   (ques
Ainsi ces prediseurs souuent font des remarques
    Suiuies de l'effect.
Apresent nous pouuons voir dessus le visage
    Toutes les passions,
Comme il est le portraict & le viuant image
    De leurs mutations.
A cause qu'elles sont effects des habitudes
    Que l'ame à contracté,
En se laissant surprendre à leurs inquietudes
    Dedans la volonté.
Premierement les quatre y baillent leur atteinte
    Et paroissent en rang,
La ioye, la tristesse, & l'espoir & la crainte
    Chacune y a son banc.
On lit la ioye au front, aux yeux & sur la bouche
    Auec facilité,
Et tournant le feüillet la tristesse s'y couche
    Auec rusticité.
La peur par la pasleur; & l'espoir à merueille
    S'y faict voir aussi bien,
Alors qu'il faict venir cette couleur vermeille
    Pour rougit son maintien.
Apres ces quatre suit la boüillante cholere
    Comme vn feu deuorant,

Boëti.
l.1. de
con.
phi me-
teor. 7.
5.
Thom.
1.2.4.
15.ar.4

                 I

Qui poffedant tout l'homme y faict voir la mifere
　　　　Où fon malheur le rend.
Le front fe void ridé, les yeux font tous de fiame
　　　　Roulans comme charbons,
Les fourcils efleuez monftrent que tout s'enflame
　　　　Et qu'il eft hors des gonds.
Les nazeaux tous fumans, les iöües paliffantes
　　　　Monftrent plufieurs couleurs,
Les temples battent dru, les leures font tremblan-
　　　　Tout eft plein de fureurs.　　　　(tes
Cain fit voir ainfi fa cholere effroyable
　　　　Se voyant mefprifé,
Son vifage abatu le rendit puniffable
　　　　Pour s'eftre courroucé.
Les autres paffions qui ne font que des branches
　　　　De toutes celles-cy,
S'y peignent des couleurs, ores rouges, ou blan-
　　　　Sur ce beau racourcy.　　　　(ches
Sur quoy nous noterons en paffant combien l'hô-
　　　　Eft plus riche en moyens,　　　　(me
Pour defcouurir fon cœur que les beftes en fôme
　　　　Et quels font fes grands biens.
Car en laiffant à part qu'il peut par la parole
　　　　Et par tous fes efcrits,
Se declarer toûjours; & par la voix qui vole
　　　　Faire voir fon grand prix,
Qu'il peut vifiblement demonftrer par des fignes
　　　　Venant de la raifon,
Les mouuemens du cœur mefme les plus infignes
　　　　Et fans comparaifon.

XIII. STROPHE.

Nous voyons clairement fur ces fignes vifibles
　　　　Seulement naturels,

Que ceux mesme qu'il a sont beaucoup plus sensi-
 Et bien plus ponctuels. (bles
Les brutes,les oyseaux comunement ils monstrent
 Leurs passions au chant,
Et mesme par la voix que par fois ils demonstrent
 Leur puissant mouuement.
Par le gemissement on void la tourterelle
 Composer ses regrets,
Le courbeau croüaillât faict voir sa peur mortelle
 A ceux qui sont aupres.
La pie represente en son choc sa grand peine
 Quand on prend ses piats,
Et donne de son bec coup sur coup côtre vn chef-
 Sans crainte du trespas. (ne
Le lyon par le feu de son regard horrible
 Par ses grands hurlemens,
Et par le battement de sa queüe terrible
 Qu'il faict contre ses flancs.
Le cerf fuyant pressé s'il void de loin vn homme
 S'en court à son secours,
Et monstre son ennuy par ses larmes en somme
 Qui parlent sans discours.
Le Crocodile feint (à cause qu'il est traistre)
 Plusieurs gemissemens
Pour surprendre celuy qui voudra reconnoistre
 Tous ses deguisemens.
Les cheuaux à l'oreille & plusieurs autres bestes
 Font voir leurs Passions,
Et donnent à connoistre ainsi qu'elles ont faites
 Leurs inclinations.
Les chiens en aboyant tesmoignent leur cholere
 Ou bien en rechinant,
Et les chats miolant ou grondant par derriere
 Vont la leur ensegnant.

Enfin tous deſcouurant leur cœur par tels indices
Ou d'autres differens,
Font voir les paſſions qui tiennét dans leurs vices
Chacune quelques rangs,
Mais l'homme ſeul a plus de ſignes au viſage
Et bien plus euidens,
Que tous les animaux enſemble n'ont l'vſage
Dans leurs corps excellens.
Et partant à bon droit pouuons-nous dóques dire
Que c'eſt là le tableau,
Où l'on void toute l'ame en ſon plus bel empire
Exprimée au niueau.
Et qu'ainſi comme en elle y reluit la ſemblance
Et l'image de Dieu,
Auſſi dans le viſage y paroiſt l'excellence
De l'ame au beau milieu.

F I N.

VIVE IESVS,

LA CHIROMANCE,

A CHARITE.

Où eſt monſtré la ſcience de la main, & comme quoy nous deuons iuger des hommes par l'inſpection des mains.

A MADAME

MADAME

LA BARONNE DE MIREPOIX.

ADAME,

La grande vnion qui eſt entre Meſsieurs vos freres & vous, ne me permet pas de vous refuſer la main dont ils poſſedent le corps & le viſage,

.ie veus dire qu'apres auoir eu l'honneur d'offrir
à Monſieur le Preſident de Caulet voſtre frere
les merueilles de l homme, dans le grand Mi-
crocoſme, & à Monſieur le Treſorier la beauté
du viſage dans la phiſionomie, il eſtoit bien raiſonnable que i'euſſe le bien de vous preſenter
l'ouurage de la Chiromançe, où les prodigieuſes
raretes de la main ſont depeintes non pas comme
les Ames prophanes l'entendent:mais bien ainſi
que Dieu ce grand Ouurier les y a diuinement
tracées pour nous faire admirer les immenſes richeſſes que ſon Amour nous a données, en nous
donnant la main ; à vous dis-je qui tenez la
main ſur toutes vos paſſions ſi ſouuerainement,
& qui faites littiere du monde au milieu de ſa
pompe & de ſes delices, pour contempler inceſſa-
ment les myſteres ineffables que la main tout-
puiſſante de Dieu a ſi miſericordieuſement operés
ſur la terre pour nous obliger à l'aymer : voſtre
haute vertu a de tous coſtez reſpandu tant de ſi
belles lumieres aux yeux des gens de bien, que
ie n'en diray pas d'auantage de peur que voſtre
humilité ne me fit quelque reproche que ie la
viens quereller, lors que ie ne cherche que les oc-
caſions de paroiſtre auec toute ſorte de reſpect
& de ſoubmiſſion.

MADAME,

Voſtre tres-humble & tres-
obeïſſant ſeruiteur.
CLERMONT Preſtre indig.

Anima mea in manibus meis semper.
Pſalm. 118.

NE vous attendez pas ô deuote Charite
    Que ie vous conte icy,
Tous ces ſots entretiens qu'à la cour on debite
    Auec tant de ſoucy.
Lors que pour amuſer voſtre ſexe fragile
    (Quoy que d'ailleurs ruſé,)
L'on vous tient ſur la main le diſcours inutile
    Qu'on a prophetiſé.
C'eſt afin d'acquerir par cette flaterie
    L'agréement des cœurs,
Qu'ils ſe font rechercher auec tant d'induſtrie
    Ces ſubtils impoſteurs.
Ie pretends vous monſtrer icy d'autres merueilles
    Qu'ils n'ont iamais apris,
Quoy qu'ils paſſent les nuicts à foüiller dans les
    Leurs impies eſcrits.   (veilles
Ie veus vous faire voir que la main eſt l'image
    De la Diuinité,
Puis qu'elle eſt de noſtre ame vn miroir ſans nua-
    Tres-bien repreſenté.   (ge
Mais nous auons beſoin d'auoir l'intelligence
    Pluſtot de ce miroir,
Si nous voulons comprendre aueques excellence
    Son immenſé pouuoir.
Ie veux dire qu'il faut premierement aprendre
    Les belles qualitez,
Dont noſtre ame eſt ornée afin de bien entendre
    Toutes ſes facultez.

Alors que nous difons que noftre ame eft fembla-
                    A la Diuinité,   (ble
Et que Dieu la creée immortelle, & capable
                    De cette verité.
Il faut fçauoir qu'elle a trois diuines puiffances
                    Sçauoir l'entendement,
Memoire, & volonté , qui font trois excellences
                    Dignes d'eftonnement.
Par la premiere il void & comprend toutes chofes
                    Ainfi comme faict Dieu,
Par la memoire il tient toutes chofes enclofes
                    Chacune dans fon lieu.
Et par la volonté luy confent ou reiette
                    Tout ce qu'il veut ou non,
Si bien que l'ame eft ditte vne image parfaicte
                    A caufe de fon nom.
Car comme en vne effence il y a trois perfonnes
                    Dans la Diuinité,
Nous difons que noftre ame à ces trois grãds cou-
                    Que nous auons vanté.   (ronnes
Et felon qu'elle en vfe, elle eft faicte femblable
                    A l'image Diuin,
Ou qu'elle s'en efloigne elle vient incapable
                    De fa femblance enfin.
Il fuffit de fçauoir ce que l'on vient de dire
                    Pour le prefent fubiet
En parlant de la main & du diuin empire
                    Qu'elle mefme fe faict.
A l'abord on croiroit qu'il eft bien difficile
                    Qu'vne petite main,
Puiffe eftre comparée (eftant faicte d'Argile)
                    A l'eftre fouuerain.
Mais comme Dieu fe plaift à tirer les grands cho-
                    Du neant & du rien,   (fes
                                                      Auffi

Auſſi prend il plaiſir que nous cherchiõs les cauſ
Qui nous monſtrent ſon bien,
O Charite combien deuons nous faire eſtime
De toutes ſes grandeurs !
Puis qu'elle nous font voir l'inépuiſſable abyme
De ſes riches faueurs,
Les ſainⅽts auoient raiſon de trauailler ſans ceſſe
A voir ce qu'il a fait,
Pour s'embraſſer d'amour auec la meſme preſſe
Que tout le monde ſçait.
Or quant nous auons dit que la main repreſente
L'ame parfaiⅽtement
Il la faut regarder ainſi comme on la vante
Donques premierement,
Qu'elle eſt par tout le corps,toute en châque par-
Par ſa proprieté,   (tie
Eſtant indiuiſible, entiere , & aſſortie
De cette qualité.
La main en ſa façon & par ſimilitude
Eſt ainſi par le corps,
Car elle va par tout auec ſollicitude
Entiere iuſqu'aux bords.
Le pied , l'oreille , l'œil , ſont bien pour tout de
Mais non pas tous par tout,   (meſme
Ils y ſont par le ſoin & par l'ordreſupreſme
Sans bouger de leur bout.
L'œil regardant le pied y va comme on peut dire
Aueques ſa vertu,
Mais ſi la main y va c'eſt auec vn empire
Dont l'œil eſt deueſtu.
Apres dedans la main nous y voyons l'image
De nos trois facultez,
La volonté qu'on tient ſa force & ſõn courage
Sont au poulce contez,

Eſt tõta in toto & tota in quælibet parte.

K

L'entendement qu'on ſçait la brillante lumiere
De tout ce qu'elle veut,
Par le doigt de l'indice il monſtre la premiere
De tout ce qu'elle peut.
Si bien que nous diſons alors que l'on nous mon-
Soit il quoy que ce ſoit,   (ſtre
Sans faillir celuy là dedans cette rencontre
Nous monſtre tout au doigt.
Et quant à la memoire elle eſt repreſentée
Par les trois autres doigts,
Qui reſpondent fort-bien quãd elle eſt bien mon-
A ces ſubtils endroits.   (ſtrée
Car comme elle retient auec ſa viue force
Les choſes de l'eſprit,
Auſſi par ces trois doigts elle arreſte l'eſcorce
De tout ce qui luy rit.
L'entendement connoit les autres & luy meſme
Ce que ne peut pas l'œil,
Encor qu'il repreſente en ſa façon extreme
Cét immenſe Soleil.
Veu que les autres corps qui ſont dans ſa portée
Il les void clairement,
Mais pour ſe voir ſans glace & touſiours emprun-
Il ne peut nullement.   (tée
La volonté s'eſtend tant ſur les autres choſes
Comme ſur elle auſſi,
Elle peut ſe vouloir comme elle veut encloſes
Les autres en cecy.
Ce que n'a pas la langue encor qu'elle eſt l'image,
De noſtre volonté,
D'autant qu'elle ſauoure aueques ſon vſage
Ce qui s'eſt apreſté.
Mais pour ſe ſauourer & ſe gouſter ſoy-meſme
Elle ne le peut pas,
Quand auec les nectars elle auroit tout le creſme
D'vn ſomptueux repas.

Pareillement encor la memoire conserue
Tout auec elle aussi,
Et d'vn soin merueilleux elle met en reserue
Le monde en racourcy.
La main par ressemblance à toutes ces merueilles
Et leurs proprietez,
Car elle monstre, touche, & prend choses pareil-
Auec ses qualitez.   (les
Elle prend dis-je tout & soy-mesmes encore
Ainsi comme il luy plait,
Elle se peint, & peint tout ce que peut esclore
Le jugement parfait.
Elle lie & se lie ainsi que bon luy semble
Et comme elle le veut,
Elle retraint aussi tout ce qui luy ressemble
Parce qu'elle le peut.
Platon montrant de l'ame & son lustre & son om-
Dans sa proportion,   (bre
A dit qu'elle estoit faite & construite de nombre
Dans sa production.
Ce que nous pouuos voir dans la main admirable
Auec facilité,
Puis qu'elle est composée auec nombre, & capa-
De sa dexterité.   (ble
D'autant que ses dix doigts qui marquent l'origi-
De tous les membres faits,   (ne
Cette diuision fait voir dans sa racine
Tous les membres parfaits.
Tous les autres n'estant qu'vn ramas dans la chef-
De ce nombre de dix,   (ne
Car onze ce n'est rien, qu'vn auec la dizaine
De ce beau nombre exquis
Vingt, cinquante, ou bien cent n'est qu'vne mul-
De ces dix ramassez,   (titude

K 2

Qui font auec plaifir autant qu'auec étude
Des nombres annexez.
Et partant il n'y a du tout aucune efpece
Dedans cette beauté,
Qui ne foit en fa fource auec tres-grand adreffe
Dans la main arrefté.
Au refte treuue t'on partie corporelle
Qui reprefente mieux,
La belle inuention de l'intellectuelle
Au deuant de nos yeux.
Et qui plus dextrement les deffeins execute
De noftre volonté ?
Qui plus fidelement l'oubliance rebute
Auec tenacité ?
Que fait l'habile main ? quand on la confidere
Auec le mefme foin,
Dont les iudicieux que la lumiere efclaire
Connoiffent fans tefmoin.
N'eft-ce pas cette main laquelle reprefente
Par l'ancre & le crayon,
Ce que l'entendement connoit & puis enfante
Comme vn diuin rayon ?
Les penfers plus fubtils, les chofes plus abftrufes
Qu'on peut fe figurer,
Tout ainfi qu'elles font dedans noftre ame inclu-
Elle fe peut monftrer.   (fes
Sur le dos d'vn papier elle peint l'efcriture
De nos conceptions,
Et les enuoye au coin parfois de la nature
Par fes inuentions.
Elle fait emporter nos cris & nos paroles
Comme à des truchemens,
Mefme par des muëts elle ouure les efcholes,
Et tient fes Parlemens.

Ceux qui font feparés quelque fois fur la terre
    De la moitie des mers,
Se trouuent reünis par les nœuds qu'elle ferre
    Aueques leurs penfers.
Que fi la verité de cette experience
    Ne le nous defcouuroit,
Perfonne n'oferoit y donner de creance
    Sans le monftrer au doigt.
Dans le fiecle paffé deux perfonnes de marque
    Furent eftre habitans.
Ez quartiers du Perou ainfi comme remarque
    L'hiftoire de ce temps.
Dont l'vn ayant cueilly des figues excellentes
    Voulut en faire part,
A fon intime amy comme nouuelles antes
    De ce pays baftard.
Il donne à fon laquais vne lettre auec charge
    Comme nay du pays,
De n'en toucher pas vne ainfi que dans la mar-
    Le nombre eftoit precis.   (ge
Ce valet defireux de goufter ce fruit rare
    Quoy qu'on leut deffendu,
En mangea pres qu'vn tiers d'vn plaifir non auare
    Auant qu'eftre rendu.
Le Gentil'homme prit les figues & la lettre
    Auec ciuilité,
Mais apres l'auoir leuë il luy dit que fon maiftre
    En auoit plus conté.
Le laquais entendant que par cette efcriture
    Il eftoit condamné.
Le nioit fortement croyant par coniecture
    Qu'on l'auoit deuiné.
Lors en fe foûriant doucement il renuoye
    Ce laquais peu ufé,

Et le remerciant aueques grande joye
    Il ſe monſtre apaiſé.
Quand il fut de retour ſon maiſtre oyât l'hiſtoire
    Que l'autre luy mandoit,
Reſout ſans dire mot d'en faire vn bon memoire
    S'il y recidiuoit.
Au bout de quelque temps il remande ſon hôme
    Afin de l'eſſayer,
Et conta par exprez deuant luy tout en ſomme
    Pour le bien chaſtier.
Ce galant apaſté de ces figues exquiſes
    Au milieu du chemin,
Prend la lettre & la met ſoubs des pierres bien
    Et ſaſſit comme fin.   (priſes
Donques (s'il eſt ainſi que cette lettre cauſe
    Diſoit il a part luy)
Ie puis bien deſormais en manger auec pauſe
    Vn peu plus aujourd'huy.
Ce qu'il fit en effet & ſans crainte il en mange
    La moitié du panier,
Puis ſe leue, s'en va, & dextrement arrange
    Le reſte & le papier.
Et preſente le tout croyant dans ſon meſſage
    Auoir bien reüſſi,
Lors que ce Gentil'homme en luy monſtrant la
    Luy lit ſa faute auſſi.   (page
Mais luy qui tenoit bon reſonnoit en luy meſme
    Qu'il ne ſe pouuoit pas,
Que la lettre dit rien de ſon plaiſir extreme
    En faiſant ce repas.
Et quant ſon maiſtre ſçeut ſa ſeconde recheute
    Il le fit châtier,
Auquel ſatisfaiſant dit qu'on le perſecute
    A tort de ce papier.

Parce qu'il l'auoit mis foubs vne grande pierre
Et luy deffus feant,
Lequel ne pouuoit pas puis qu'il eftoit a terre
L'auoir peu voir mangeant.
Sur quoy fon maiftre alors prit foigneufement
De l'admiration,   (garde
Que la lettre caufoit au laquais par mégarde
Et fit reflexion.
Que fi chacun penfoit à ces diuins prodiges
Que l'efcriture fait,
On croiroit que ce font pluftot quelques prefti-
Comme fit ce valet.   (ges
Et tout le monde auroit l'eftonnement femblable
A ce peruuien,
Si la facilité de la main admirable
N'en oftoit le moyen.
C'eft vn plus grand miracle à voir que Dieu re- *Aug.*
Tout ce vafte vniuers,   (giffe *tra. 24.*
                                                    in Ioan.
Que non pas comme on fçait de cinq pains qu'il
Les cinq mille aux deferts.   (nourriffe
Cependant tout le monde admire ce miracle
Et non pas le premier,
Parce que l'ordinaire y fait vn grand obftacle
Le rendant couftumier.
Le miefme difons nous au fait de l'efcriture
Ouurage de la main,
Car la facilité qu'en donne la nature
Nous le rend comme vain.
Charite ayant vos foins toufiours dans les mer-
Des meditations,   (ueilles
Si voftre efprit s'occupe au beau milieu des veilles
Dans ces reflexions.
Voftre ame gouftera du torrent des delices
Où le cœur eft baigné,
Et verra que le monde engagé dans les vices
En eft bien efloigné.

Ce qui semble petit deuant les yeux prophanes
    Vous sera bien connu,
Et vous reconnoiſtrez que les corps diaphanes
    Sont beaux par le menu
Ie veux dire qu'vſant d'vne exacte recherche
    Ez merueilles de Dieu,
Les grandeurs de ce tout ſi ſans gloire on les cher-
    Ont leur gloire en tout lieu.   (che
Ainſi dedans la main qui ſemble ſi petite
    Comme vrayement elle eſt,
Vous y découurirez la connoiſſance eſcrite
    D'vn ouurage complet.
Son office nous ſert pour mettre en euidence
    Nos plus preſſans deſirs,
Tant de la volonté que de la ſouuenance
    Auec mille plaiſirs.
Veu que par le trauail de la docte eſcriture
    Que la main fait agir,
La volonté fait faire vne viue peinture
    De ce qu'ell'a regir.
Auſſi par l'induſtrie excellente des lettres
    Prouenant de la main,
La memoire eſt aydée,& nous fait voir les eſtres
    D'vn eſtre ſouuerain.
Les liures qu'elle fait en rendent teſmoignage
    Puis que tout en eſt plein,
Et conſeruent touſiours dans leur muët langage
    Les threſors de la main,
De plus comme l'on ſçait que l'intellect inuente
    La rareté des arts,
Auſſi-toſt nous voyons que la main les enfante
    Preſque de toutes parts.
Artemidore a dit que la main eſtenduë
    Les ſignifie tous,

               Parce

Parce que la beaute qu'elle leur a renduë
Les facilite doux.

Et L'orateur Romain apres le Philofophe
D'vn difcours plus qu'hvmain,
A dit que la nature en a donné l'eftrophe
A l'homme par la main.
C'eft à dire qu'elle a , la départant à l'homme
Pour l'inftrument des arts,
Donné tous les meftiers qu'on peut donner en
Exquis de toutes parts.   (fomme
C'eft elle qui baftit les maifons & les villes
Qui cultiue les champs,
Qui feme & qui moiffonne aueques les faucilles
Plufieurs fois tous les ans.
Elle plante la vigne & cueille la vendange
Pour la mettre aux preffoirs,
Compartit les vergers & dextrement arrange
Leurs larges promenoirs.
Elle tafte le poulx des malades encore
Leur compofe de plus,
Tous les medicamens qu'on cueille au fein de
Souuent bien fuperflus.   (flore
C'eft elle qui guerit aueques Energie
La plus part des bleffez,
Et qui donne le nom à l'art de Chirurgie
Pour tous les oppreffez.
Son pouuoir eft diuin faifant les Aftrolabes
Pour mefurer les Cieux,
Si qu'à plufieurs fçauans ils feruent de fyllabes
Au rapport de leurs yeux.
Et pour le pilotage elle faict les nauires
Et bouffoles & tout,
Pour aller conquerir parfois des grands empires
Par eux de bout-en bout.

Cice. 2.
de nat.
deor.
Arift.
l. 4. de
part.
anim.
c.10.

L

Et pour aller sur terre elle fait des carroſſes

Qui roulent aiſément,

Et par la main auſſi ſe guarantit des foſſes

Touſiours adroitement.

C'eſt elle qui l'imprime, qui font l'artilierie

Auec dexterité,

Minute l'horológe, auec ſa Symetrie

Dans ſa ſubtilité,

Pour la guerre elle fait cuiraſſe, lance, eſpée,

Fuzils & piſtolets,

Sabres, couteaux, poignards, & la rend equipée

De canons & boulets.

Elle peint les tableaux pour recreer la veuë

Et par les inſtrumens,

Elle va delectant l'oreille bien pourueuë

De ſes reſonnemens.

Meſlange les odeurs & puis fait la cuiſine

Auec tant de ragouts,

Que les plus delicats cedent a ſa Lezine

Qu'elle contente tous.

Elle chauſſe les pieds, met aux yeux des lunettes

A ſoy-meſme des gans,

Et tant d'habit diuers dont les cheres empletes

Seruent aux arrogans.

Enfin que peut on voir pour ſeruir à l'vſage

Des cinq ſens ou la main,

Ne fourniſſe la main ? auec tel auantage

Qu'on l'exprime ſoudain ?

En quoy l'entendement void on qu'elle ne ſuiue

La piſte pas à pas ?

Et qu'eſt ce que l'eſprit fait au dedans ſans riue

Qu'elle ne faſſe pas ?

Ainſi qu'vne raiſon ſi ſemble corporelle

Elle met au dehors,

Tout ce que par dedans fait la spirituelle
    Pour le regard du corps.
Anaxagore a dit que l'homme est le plus sage
    De tous les animaux,
A cause de ses mains ; & de leur bel vsage,
    Qui font tant de trauaux.
Au reste il n'y à point membre qui represente
    La malice ou bonté,
Auec plus de credit que la main tout-puissante
    Dans son authorité.
Elle fait ou deffait tout ce que font au monde
    La plus-part des humains,
Aueques les esclairs des canons elle gronde
    Contre ses propres mains.
Elle bride les eaux arreste leur furie
    Par mille engins diuers,
Va chercher les metaux aueques industrie
    Iusqu'au prés des enfers.
Enleue les poissons au beau milieu de l'onde
    Regente les oyseaux,
Dompte la cruauté mesme là plus profonde
    Des plus fiers animaux.
Qui mine, tranche, abat, deffait, raze, les villes
    N'est ce pas cette main,
Qui va demantelant les plus hauts domicilles
    Par ces forces d'airain ?
Sans elle il n'y auroit ny forces, ny batailles
    Ny victoires non plus,
Les couronnes seroient comme les funerailles
    Des obiects superflus
C'est elle qui mettant le morion en teste
    L'harnois dessus le dos,
Brandit le coutelars & lance la tempeste
    Qui brise tous les os.

Aueques les mousquets, les fuzils, & les piques
   Elle se fait sentir,
De mesmes au plus loin par ces noires pratiques
   Que de pres sans mentir.
Comme fit Archimede au temps de Siracuse
   Contre tant de Romains,
Que luy seul deffendit par cette mort affreuse
   Qu'il forgeoit de ses mains.

Tite.
liu. l. 3.
dec. 5.
& plu-
tarch.
in mar-
cell.

Aueques ses engins il prenoit leurs galeres
   Comme on fait vn poisson,
Et puis les enleuant faisoit des cimetieres
   De leur propre hameçon,
Des autres il battoit les rochers & murailles
   Auec vn tel fracas,
Qu'en les bouleuersant il vuidoit leurs entrailles
   Dans les mains du trespas.
Il fit vne machine encore balestriere
   Laquelle d'vn seul tour
Eslançoit tant de traits qu'elle estoit murtriere
   Des Romains d'alentour.
Et iettoit tout a coup tant de pierres horribles
   Qu'on eut dit que les Cieux,
Pleuuoiét autant de morts que de gresles terribles
   Tomboit deuant leurs yeux.
Si bien qu'ils estoient tous effrayés de la sorte
   Par ce Siracusain,
Que si-tost qu'ils voyoient paroistre sur la porte
   Quelque ouurage de main.
Ils fuyoient esperdus comme si les tonnerres
   Eussent esté cachés,
Soubs ce qui paroissoit , n'ayant point veu des
   Qui les eut tant faschez. (guerres
Marcellus se moquant alors de certain maistre
   Qu'il auoit au deuant,

Luy difoit plaifamment quand cefferons nous
    Ennemis d'vn geant ?   (d'eftre
Lequel vient d'éfondrer comme vn grand briarée
    Nos fuperbes vaiffeaux,
Rauageant noftre armée encor toute effarée
    De fes doctes trauaux ?
Et qui plus eft ne ceffe à defcocher des flefches
    A centaine & miliers
Sans que pas vn foldat ofe aprocher des brefches
    Qu'auoit fait nos beliers ?
Il compare Archimede au geant briarée
    . Lequel auoit cent mains.
Parce que Syracufe eftoit bien mieux parée
    Que de cent Citoyens.
Homere en a nommé le Soleil admirable
    A caufe des effects,
Que tout à mefme-temps fe rendant ineffable
    Il produit fi parfaicts.
Enfin pour bien parler de ce grand Archimede
    Et de fa rare main,
Il fit dans vn criftal vne Sphere fans ayde
    Qui tient du Souuerain.
Car on y remarquoit le nombre des planettes
    Qui luifent à nos yeux,
Auec leurs mouuemens, epicicles, retraites
    . Qu'on void dedans les Cieux.
Il fembloit qu'il eut fait vn tranfport fur la terre
    De ces globes roulans,
Qu'il auoit engagez dans le cours de ce verre
    Quoy que tous violans.
C'eft donques cette main qui met en euidence
    Tout noftre entendement,
Et noftre volonté par la mefme creance
    Qu'on void fi clairement.

La malice ou bonté de plus s'y void dépeinte
Ainſi qu'on le peut voir,
Dans les liures ſacrez de l'eſcriture ſaincte
Qui nous ſert de miroir.
Les miracles plus grands que Dieu fit par Moyſe
Furent faits par la main,
Lors qu'il luy commanda que ſa verge fut miſe
Contre terre ſoudain.
Laquelle fut changée en vn ſerpent horrible
Mais en la reprenant,
Auec la meſme main elle vint inſenſible
Ainſi qu'auparauant.
Afin qu'il reconneut que cette verge rare
Qui produiroit vn iour,
Des prodiges ſi grands contre ce Roy barbare
Et toute ſa grand cour.
En ſortant de ſa main repreſentoit l'abyſme
De ſon infirmité,
Mais la repreſentant elle marquoit l'eſtime
De ſon authorité.
Laquelle prouenant de la grandeur Diuine
Et non pas de ſon cru,
Elle auoit le pouuoir d'empeſcher la ruine
De tout le peuple Hebreu.
L'autre miracle fut dedans la main expreſſe
Lors qu'il luy fut enioint,
De la mettre en ſon ſein laquelle vint l'adreſſe
Reſortant du pourpoint.
Apres pour l'acquerir luy commanda de meſme
De l'y remettre auſſi,
Afin qu'il y conneut & la force ſupreme
Et ſon neant auſſi.
Et que meſlant touſiours la Diuine puiſſance
A ſon petit pouuoir,

Il aprit s'il faifoit quelque œuure d'importance
Qu'il ny auoit que voir.
Or voyons maintenant ez actes ordinaires
Les grandeurs de la main,
Puis qu'en effet elle eft les nœud des fingulieres
Parmy le genre humain.
La foy c'eft le fouftien de la vraye iuftice
Dans la ciuilité,
Et le ciment parfait contraire à la malice
Pour vn peuple arrefté.
Et pour la foy diuine elle eft le facré bafe
Du fondement Chreftien,
Depuis que noftre efprit fans fa faueur s'euafe
Et ne profite rien.
De tout-temps çà efté la couftume loüable
Que de donner la main,
Faifant quelque alliance en cela conuenable
Pour vn iufte deffein.
Deux mains joinctes eftoient des foins Hierogli-
D'vne tres-grande foy,   (fiques
Que dans les nations voire moins pacifiques
S'obferuoit comme Loy.
Parmy les vieux Perfans c'eftoit le plus grand figne
Qu'on pouuoit tefmoigner,
De donner la main droicte ; & l'acte plus infigne
Qu'on pouuoit enfeigner.
Numa Roy des Romains ordonna mefme chofe
Dans fes premieres Loix,
Et fit baftir vn temple afin qu'on fçeut la caufe
Des mains mifes en croix.
Plufieurs graues autheurs apreuuent l'eloquence
De l'Orateur Romain,
Lors qu'il dit que la foy viuoit en affeurance
Quand on donnoit la main.

Cicer.
officio.

Diodor
ficil.
lib. 16.
c. 10.

11 Phi-
lipp.
virg.
1 3.4.8.
tite.liu.

1.decad Et l'escriture mesme en donne tesmoignage
l.3.dua. Lors que pour s'exprimer,
l.5.7.10 Dans l'aliance faite a l'Egypte sauuage
plutarc. On l'entend reclamer.
in sci- Nous auons accordé sans receuoir iniure
pio.plin A l'Egypte la main,
l. 11. c. Afin de tesmoigner qu'elle n'est pas pariure
45. Ny ne fait rien en vain.
Hierem Quand on vouloit iurer pour marque d'innocēce
56. On les leuoit au Ciel,
Genes. Abraham protesta par cette reuerence
14. 22. Qu'il n'auoit point de fiel.
Dauid. Et Daniel l'ouyt ainsi comme il se treuue
12. 7. Dedans sa vision,
Où cét Ange esleuant ses deux mains sur le fleuue
Iura sans passion.
Les juges auiourd'huy gardent cette coustume
Faisant prester serment,
Quand ils ne peuuent pas nous forcer par la plu-
De leur seul jugement. (me
Aussi mettant la main sur le gras de la cuisse
Le mesme denotoit,
Ainsi qu'Abraham fit pour tirer le seruice
De l'homme qu'il mandoit.
Pour chercher en Chaldée vne fille pour femme
Genes. A son cher successeur.
24. 2. Laquelle il emmena sur la foy de son ame
Et l'en fit possesseur.
Parfois la mesme main sagement nous denote
L'esperance aussi bien :
Zachar. Que vos mains à present se confortent sans faute
Dans ce sainct entretien.
8. 9. Et le contraire encor se lit en Esaye
esay. 1. Lors qu'il nous va disant,
6.

Les

Les mains se dissoudront & le cœur en furie
    Ira se transissant.
L'amour vers le prochain s'y treuue tres-expresse
    En quantité d'endroits,
Tendre la main au pauure est vne grand tendresse
    Dans les diuines loix.
Et particulierement pour marquer la priere
    Ont dit leuer les mains,
Pour obtenir du Ciel la fin de la misere
    Qui trouble les humains.
Pour l'adoration ainsi que l'innocence
    S'y comprend & s'y void,
Si l'on en veut chercher la vraye intelligence
    Qu'on touche auec le doigt.
Pilate s'en seruit pour couurir l'iniustice
    Contre le doux Saūueur,
Lors qu'en lauant les mains auec cét artifice
    Il creut lauer son cœur.
Tenir les mains au sein faisoit comme l'image
    D'vn homme paresseux,
Les tenant a la bouche ou proche du visage
    D'vn pensif luctueux.
Et quant on les mettoit au dessus de la teste.
    C'estoit d'vn affligé,
Sur lequel sa douleur execrant sa conqueste
    Le rendoit si changé.
Finalement l'on prend de ce membre admirable
    Cent façons de parler,
Comme venir aux mains;auec main redoubtable
    Soubs main se quereler.
On dit faire sa main, donner la main leuée
    Où bien baiser la main,
Toucher, la retirer comme elle s'est treuuée
    Rien ne s'en dit en vain.

                M.

Psal 37
11. Ec-
cle.2.14
11. pro.
30. 33.
Iob.11.
3. bier.
3.87.

De façon qu'on fournit ez actions humaines
  Vn langage estendu,
Pour s'expliquer souuent dans les choses certai-
  A demy entendu.   (nes
Et partant comme elle est abondante & fertile
  Dans ses diuisions,
De mesmes elle est riche autant comme subtile
  Dedans ses actions.
Veu qu'elle represente & nostre intelligence
  Et nostre volonté,
Qui sont les grands ressorts de la grandeur im-
  De nostre liberté.   (mense
Et la source de plus autant de la parole
  Comme du mouuement,
Par laquelle elle agit pour aprendre l'eschole
  De son resonnement.

Arist. l.
de anim
c. 3.
Et de plus comme elle est ainsi que l'on l'apelle
  L'instrument d'instrumens,
Et le premier de tous par le raport fidelle
  Des plus grands iugemens.

Arist.
l. 4. de
pas.ani-
ma c.20
Faisant tout au dehors aueques tant d'adresse
  Que la raison n'a pas
De plus grand interprete en ce qu'elle professe
  Que ses rares compas.
Tout ainsi qu'vn Seigneur qui porteroit les char-
  Que le Roy doibt porter,   (ges
Afin qu'vn chacun vit les ordonnances larges
  Qu'il fait executer.
Comme s'il se nommoit grand-maistre Cônesta-
  Chambelan, Intendant,   (ble
Grand Escuyer encor seroit il pas comptable
  Et de de tout respondant ?
Ainsi la main faisant quelque acte de memoire
  Où bien de lascheté,

Elle acquiert ou le blasme ou la brillante gloire
Qu'auroit la volonté.
De sorte que l'on dit c'est vne main traitresse
Dans cet euenement,
Ou bien c'est vne main digne de la sagesse
D'vn parfait iugement.
La raison en est claire, à cause des factures
Qu'elle met au dehors,
Parce qu'estant visible elle prend les mesures
Qui respondent au corps.
Où vostre volonté quoy que la grand motrice
Des operations,
N'est pas si-tost loüée ou digne du suplice
Comme ses actions.
Il est donques certain ô deuote Charite
Selon ce que dessus,
Que la main est l'image ou d'vn cœur de merite
Ou d'vn cœur mal-heureux.
Et partant nous voyons comme elle est de nostre
L'admirable Tableau,   (ame
Que Dieu nous a donné afin qu'elle s'enflame
Sur son premier Peinceau.
Representant bien mieux que ne fait le visage
L'ame & ses actions,
Car le visage est plat mais la main à l'vsage
Des operations.
Tournant & variant ainsi que bon luy semble
Ce que l'autre na pas,
Et partant de plus prez l'esprit elle ressemble
Quoy qu'auec moins d'appas
L'homme seul glorieux auec raison se vante
Sur tous les animaux,
D'estre pourueu de face & d'vne main sçauante
Digne de ses trauaux.

Arist. 3.
de part.
anim.
c. I.

M 2

Ie croy que cela n'eft que pour la difference
  Qu'il y a d'eux à luy,
Puis qu'il à feul vn ame aueques l'exellence
  D'vn chef d'œuure accomply.
C'eft auffi pour cela qu'il porte defcouuertes
  Auec vn grand honneur,
Ces parties du corps ayant d'ailleurs couuertes
  Les autres de pudeur.
C'eft ainfi que s'entend la vraye Chiromance
  Puis qu'en voyant les mains,
Nous pouuons fans faillir deuiner l'excellence
  Des humeurs des humains.
Suiuant les actions qu'elles font à toute heure
  Aueques liberté,
Nous pouuons profferer la vray bonne-auenture
  De voftre nolonté.
Selon ce que deffus vn chacun eft Prophete
  Aueques grand raifon,
Puis que par l'action que la main aura faicte
  Paroift l'intention.
Et l'on doibt prefumer que ces gens de fortune
  Qui fuiuent nos defirs,
Pour fe faire eftimer par vne voix commune
  En fçauent les plaifirs.
Mais que pour déguifer cette grand connoiffance
  D'ont l'honneur eft à Dieu,
Ils vont s'apropriant a feule intelligence
  Qu'ils cachent en ce lieu.
Que fi l'on en a veu qui difoient des merueilles
  Par les lineamens,
C'eft pluftoft par rencôtre en des chofes pareilles
  Que par leurs jugemens.
Où bien s'ils en ont dit quelques chofes abftrufes
  Du prefent ou paffé,

C'à esté le demon auec ses grandes ruses
            Qui le leur a tracé.
Que si de l'aduenir ils ont predit les choses
            Qu'on voyoit arriuer,
Ce n'est que par rencontre & non par les vrays
            Qu'ils ont fait deriuer.   (causes
Dieu seul estant celuy qui lit dans les futures
            Aueques verité,
Ainsi tout ce qu'on dit de ces bon-aduentures
            Est plein de fausseté.
Et partant les Chrestiens moins les ames deuotes
            Doiuent ils s'attacher,
Non pas mesmes au nom de ces enormes fautes
            Qui nous font tresbucher.
Et qui plus est encor ce sont cas de reserue
            Quand volontairement,
On souffre ces serpens & qu'apres on obserue
            Leur maudit siflement.
Charite vous voyez ce qu'il faut que l'on pense
            Sur le fait de la main,
Et comm'on doibt traiter de cette Chiromancé
            Pour n'en parler en vain.
Vous voyez d'vn costé qu'elle fait des merueilles
            Aux yeux de l'vniuers,
Auec tant de credit qu'elles sont nompareilles
            Dans ses effects diuers.
Et d'ailleurs nous deuons parlant de l'excellence
            De ses perfections,
En traitter cependant aueques grand prudence
            Pour des iustes raisons,
Quand nous considerons que la main est l'image
            En sa proportion,
De la Diuinité dans ce mesme aduantage
            Elle à son action.

Parce que nos esprits dedans cette pensée
    L'atribuent a Dieu,
Auquel est deu l'honneur la plus interessée
    Qu'on puisse dans ce lieu.
C'est à luy que l'on doibt raporter toutes choses
    Auec raisonnement,
Puis que c'est luy qui fait & les lys & les roses
    Comme on void clairement.
Ce sont ces belles mains ces mains incomparables
    Qui façonnent toûjours,
Tout ce que nous voyons parmy les corps palpa-
    Renaistre tous les iours.   (bles
Et partant ce seroit luy faire grande iniure
    Que de vouloir rauir,
A sa fecondité l'honneur que la nature
    A fait pour le seruir.
Car l'homme ce beau tout s'il à quelque auātage
    D'où le peut il auoir ?
Si ce n'est de sa main puis qu'il en est l'image
    Et le rare miroir ?
Et s'il est tout à luy comme nous voyons mesme
    Assez euidemment,
Pourquoy sa belle main quoy que d'ailleurs ex-
    N'en sera l'ornement ?   (treme
Pourquoy ne dirons nous que cette tout-puissante
    Qui fait mesme son los,
Emprunte sa grandeur de la main excellente
    Qui forme nos propos ?
Grand Dieu nous aduoüons que c'est à vostre
    Que tout l'honneur est deu,   (gloire
Non pas tant seulement de ce que la memoire
    A de mieux entendu.
Mais encore de tout ce que nous pouuons faire
    Par l'esprit ou la main,

Puis que nous n'auons rien qui ne soit tributaire
      A vostre œil Souuerain.
C'est vous qui fistes tout & qui faites encore
      Tout ce que nous voyons,
Afin d'obliger l'homme alors qu'il vous adore
      D'adorer vos rayons.
Tout ce Vaste Vniuers est vn diuin ouurage
      Qui n'eut point son pareil,
Pour estre comparé dàns l'estime du sage
      A l'homme son Soleil.
Et ce chef d'œuure icy pour lequel tout le môde
      Fut basti si parfait;
Ne doibt iamais cesser d'vne veüe profonde
      D'en rendre le bien-fait.
Il n'a rien dedans luy qui ne doiue à toute heure
      Louër vostre bonté,
Parce qu'elle la fait le Roy de la nature
      Auéc authorité.
Grand Dieu nous ne deuons qu'auec reconnois-
      De vos heureux desseins,   (sance
Regarder seulement la moindre contenance
      De nos mouuantes mains.
Nous ne deuons les voir que pour vous recon-
      Lors que nous trauaillons,   (noistre
Puis que vous estes seul & l'autheur & le maistre
      De leurs expressions
Aussi nous vous prions de benir leur conduite
      Sur tout parlant de vous,
Afin que vostre gloire en ait tout le merite
      Sans retourner sur nous.

F I N.

VIVE IESVS,

LE
ROSAIRE
MYSTIQVE.

Contenant cent cinquante Eleuations d'esprit en cent cinquante Sonnets, à l'imitation des cent cinquante Pseaumes de de Dauid ou pluſtoſt des cent cinquante AVE MARIA du Roſaire de la VIERGE: dont la dixiéme Eleuation ſera touſiours en ſa faueur pour les trois Voyes de la vie Spirituelle, PVRGATIVE, ILLVMINATIVE, ET VNITIVE, cinquante pour chacune d'icelles,

Compoſée par Mr. DE CLERMONT Preſtre.

A TOLOSE,
Par ARNAVD COLOMIEZ, premier Imprimeur ordinaire du Roy, & de l'Vniuerſité.

M. DC. LIII.

A MADAME
MADAME
DEFFIAT COADIVTRICE
DE L'ABBAYE DES DAMES
DE St. SERNIN DE TOLOSE.

 AD AME,

Ce Rofaire myftique n'eut peu voir le iour
foubs vn adueu plus fauorable que le voftre puis
que le faint & myftique habit que vous portés
femble luy donner vn efclat particulier en faueur
de tous ceux qui le regarderont ; & côme voftre
habit donne à cônoiftre à tous ceux qui ont l'honneur de vous voir que vous auès quitté les pôpes,
les plaifirs, & les vanités du môde que vous pou-
uiés poffeder fi abondâment pour fuiure les mépris de la croix les traces du Sauueur, & les lumieres du Diuin Amour Auffi ce Rofaire myftique, aprend premierement le chemin, & la voye
de la vie purgatiue, où les ames aufquelles Dieu

N 2

a fait la grace de connoiſtre l'inconſtāce du monde la brieueté de cette vie, & l'immortalité de
l'autre s'efforcent par les reſſentimens d'vne fi-
dele contrition d'effacer les pechés de leur vie
paſſee; ſecondement il les eſleue dans la voye Il-
luminatiue, pour leur faire voir les vertus incomparables de noſtre Diuin Sauueur, afin de
l'imiter autant qu'il eſt poſſible ainſi qu'il le deſire, leur deſcouure ſes miracles pour les admirer,
& leur monſtre ſa vie pour l'aymer, & le ſuiure;
troiſiémement il leur eſtale dans la voye Vnitiue
les triomphes que le meſme Sauueur a remportés
ſur l'Enfer, & la mort pour leur enſegner à n'a-
ſpirer aux couronnes auant les combats, il leur
aprend les merueilles ineffables que le Diuin
Amour à ſi prodigalement reſpanduës ſur la terre apres ſa reſurrection en faueur des humains,
pour les animer a s'vnir à luy parfaictement, &
finalement les porte à ſe trãsforme a luy aydés de
ſa diuine grace pour commencer dés cette vie l'e-
xercice continuel, qu'ils pratiquerõt dans toute
l'eſtendüe de l'Eternité. Voila Madame les ſe-
crets miſterieux de ce Roſaire myſtique, deſquels
vous aués connoiſſance ſans doubte depuis long-
temps puis que vous fuſtes éleuée dãs les exerci-
ces de la Religion, par les ſoins rauiſſans d'vne
grande Conductrice de la vie ſpirituelle qui n'a
rien oublié pour vous rendre auſſi ſublime dans
les voyes de l'eſprit que vous eſtes Illuſtre
par voſtre naiſſance; que ſi ie vous en preſente

quelque crayon n'est que comme vn souuenir de
ce que vous connoissés si parfaictement, & pour
vous donner encor quelque tesmoignage du desir
que iay d'estre auec toute sorte de respect & de
soubmission.

MADAME,

Vostre tres-humble & tres-
obeïssant seruiteur.
CLERMONT Prestre indig.

Misericordias Domini in æternum cantabo. Pfalm. 88.

LA VOYE PVRGATIVE.

I. ELEVATION.

MON ame nous voicy dans le lieu fouhaité
Où le Diuin amour aprend tant de merueil-
C'eft icy qu'il nous faut quitter la vanité   (les,
Enfemble tous les foins de fes iniuftes veilles;
     C'eft icy qu'il nous faut mefprifer la beauté
De ces vers delicats qui flatoient nos oreilles:
Et laiffer pour iamais ce defir affecté   (les;
Dont nos fens fe paiffoiĕt dans des chofes pareil-
     O bien-heureux feiour combien m'eftes vous
          cher !
Ie ne faits dés lóg. temps rien plus que vous cher-
          cher
     Comme le doux Climat ou l'amour fe repofe
     Le monde ny void rien qu'horreur & que tour-
          ment
Mais quoy pretend il bien d'y voir quelque autre
          chofe
Si l'on ne void l'amour qu'en l'amour feulement?

II. ELEVATION.

     Mon Dieu pardonnés moy tant d'offences
          paffées
Ie veux la larme à l'œil vous en crier mercy,
     Et que tous les momens que ie confomme icy
Soient autant de tefmoins de mes triftes penfées:

Comme i'ay plus commis de fautes infenfées
Que le plus criminel qu'on puiffe voir ainfi;
De mefme auant mourir ie veux punir auffi
L'infolence des fens qui les ont entaffées
  Vous m'aués infpiré de me faire facrer,
Afin de vous feruir & de vous adorer
En contemplant l'efclat de vos Diuins Mifteres.
  Pouués ie mieux choifir viuant parmy les
    morts?
Non pas comme ie croy pour plaindre mes mi-
    feres,
Puis qne ie meurs en vous & d'efprit & de corps;

III. ELEVATION.

  Non ce n'eft pas pour moy que ie quitte le
    monde
Ny pour mes interefts que ie fuis à genoux,
Mon Dieu c'eft pour vous feul, & pour l'amour
    de vous
Que i'abandonne tout fur la terre & fur l'onde:
  Ainfi que vous m'aymés d'vne amitié profonde
Sans trouuer rien en moy que fubiets de cour-
    roux;
Auffi tant que ie puis ie veux eftre jaloux
Que mon amour fans ceffe à voftre amour ref-
    ponde.
  D'ailleurs vous commandés à tous de vous
    aymer
Et qu'on fe dône à vous pour fe voir confommer
Dans le Sacré brafier de vos puiffantes flames,
  Qui ne le faira pas tres-volontairement
Voyant que ce grand Dieu ce Diuin Roy des
    ames
Auecques tant d'amour fait ce commandement?

IV. ELEVATION.

Beau ſejour de Buſſy dans ton parc ſolitaire
Le Ciel commençà là de me toucher le cœur,
C'eſt là que ie conçeus cette ſecrete horreur
Pour cette grande Cour où regnoit ma miſere;
   C'eſt là qu'eſtant tout ſeul ie compris le my-
    ſtere
De tous mes grands pechés non ſans grande dou-
   leur:
Là le Ciel me fit voir le viſible mal-heur
D'ont il me retira par ſa main debonnaire.
   C'eſt dedans ce ſilence ô Dieu! que ie compris
Qu'il faloit tout quitter auec vn grand meſpris:
O combien dois-je aymer la ſaincte ſolitude!
   Qui me fit voir l'horreur d'vn chemin eſgaré,
Combien dois-je cherir ce mouuement Sacré
Puis qu'il m'oſta l'Enfer de mon inquietude.

V. ELEVATION.

O mon Diuin Sauueur ie vous offre mes maux
Auec les mouuemens qui partent de mon ame,
Quand verray-je auec vous la fin de mes trauaux
Pour me purifier dans voſtre viue flame?
   O quand ſeray-je helas! affranchy de ces
   fleaux
Dont la fievre m'accable auec ſa longue trame,
Quand pourray-je entôner tant de beaux chants
   nouueaux
Auec vos ſeruiteurs qui touſiours les enflame?
   Ie voudrois bien gouſter cette ſuauité
Pourueu qu'elle prouint de voſtre volonté
Autrement i'y renonce; aymant plus la triſteſſe.
   Auec tous ſos ennuys, ſes degouts, & langueurs
                     Ne

Ne defirant iamais auoir quelque allegreſſe
Si ce n'eſt de la main qui verſe vos faueurs.

VI. ELEVATION.

O mon Diuin Sauueur ſouffrés que ie m'en-
    quiere
Pourquoy vous m'aués fait tant de biens par
    excés,
Ie ſçay comme ie ſuis l'obiet de la miſere
Et moins pour dire vray que les ſonges paſſés.

    Ie ſçay que de la bourbe on a pris la matiere
Pour vnir & former ces membres entaſſés,
Les ayant animés d'vn rayon de lumiere
Pour ſuiure les ſentiers que vous m'auiés laiſſés

    Mais dites moy pourquoy ô bien inconceuable
M'aués vous fait l'obiet de voſtre œil adorable
Et mon cœur le deſir de voſtre doux ſeiour ?

    D'où me vient ce bon-heur ô bonté toute
    immenſe
I'entends qu'il me reſpôd, ainſi comme ie penſe,
Par vn mot ſeulement ce n'eſt rien que l'amour.

VII. ELEVATION.

L'homme n'eſt rien que foin , que vers , que
    pourriture
Qu'vn atome bouffy qui paſſe en vn moment,
C'eſt le jouët du temps & d'vne mort tres dure
Qui fleſtrit ſon orgueil de ſon nom ſeulement.

    O qu'il eſt m'eſpriſable en ſa ſeule poſture
Si ne le void il pas par ſon aueuglement,
Puis qu'il laiſſe ſes ſoins au ſoin de l'aduenture!
Pour ignorer touſiours quel il eſt voirement

    Mais helas! il ſçaura vers la fin de ſa courſe,
Si ſa vie n'eſt rien, que de rien vient ſa ſource

O

N'ayant esté basty que des quatr'elemens:
   Lesquels comme ennemis viennent a se dissou-
     dre ;
Nous enseignant par là sans autres documens
Que tout'corps composé se doit reduire en pou-
     dre.

VIII. ELEVATION.

   Quand pourray-je ô mon Dieu me connoistre
     moy-mesme
Pour voir plus clairement l'erreur de tous mes
     sens,
Qui souuent ont cherché des plaisirs innocens
Où la chair receloit le crime & le blaspheme, .
   Ie sçay que c'est le fôds de l'ame qui vous ayme
(Pour preuoir aux dägers des escueils menassans)
Que de r'entrer chez soy, & voir de temps en
     temps
Le vray d'auec le faux qui nous paroist extreme,
   Par ainsi nous verrons comme tout est masqué
Que tout est icy bas digne d'estre moqué
Que mesme les grandeurs ne sont que des fan-
     tosmes ;
   Les plaisirs des momens , les biens de longs
     desirs
Les langeurs des Enfers, les espoirs des atomes
Et ce vaste vniuers tout remply de soûpirs.

IX. ELEVATION.

   O que de faussetés descouuriray-j'encore
Si ie veux bien fouiller tous les secrets cachés
Ie n'entends pas du monde ! ô Dieu ! c'est des
     pechés
Desquels ie veux parler quoy que ie les abhorre:

Auſſi bien connoiſſant ce grand Dieu que j'a-
   dore
O mon ame, ô mon corps, qui vous eſtes tachés
De tant d'horribles maux ſans vous eſtre fachés
De vous voir bien plus noirs que ne fut iamais
   More,
   Mais à quoy ſongés vous voyant tous vos meſ-
      pris
Et comme ſans mentir vous eſtés de vil prix ?
Penſés vous ſans mourir mille fois tous en vie
   Pretendre au Crucifix quoy qu'il ſouffre pour
      vous ?
Non, non, voyez pluſtoſt où le rien vous conuie
Et plurés à iamais vos forfaits à genoux,

X. ELEVATION.

   Depuis que ie ſuis né toûjours la Vierge ſainſte
A paru dans mon cœur comme Reyne des Cieux,
Ie l'ay voulu ſeruir malgré mes enuieux
Et ſi l'ay reclamée au plus fort de ma crainte.
   Mais helas! mes pechés ie le diray ſans feinte
M'ont priué ſi long-temps de l'aſpect de ſes yeux,
(Auec tant de mal-heur) que i'eſtois odieux
A tous les Elemens leſquels en faiſoient plainte.
   Pourtant c'eſt à ce iour que cette grande Reyne
Me fait voir clairement comme elle eſt ſouue-
      raine
M'arrachant des Enfers où i'eſtoit englouty.
   Et briſant tous les fers de leurs cruels obſtacles
Mais quoy ſi ſon bel œil ne fait que des miracles
Se faut il eſtonner ſi ie ſuis conuerty ?

XI. ELEVATION.

Si ie pouuois me voir ainſi que ie deurois

   O 2

Ie me tiendrois au bas de toute la nature ;
Et ie ne tiendrois pas cette vile posture
Que par la verité dont ie dois faire choix.
Sans nul déguisement ie me reconnoistrois
Digne de tout opprobre estant remply d'ordure,
Et puis pour mes parens i'aurois la pourriture
Qui me fairoit bien voir ce que ie deuiendrois.
O mon Diuin Sauueur qu'elle grãd difference ?
Des songes des humains à cette connoissance ?
Combien se trompent-ils dedans leur lascheté.
Nous ne sommes rien plus que la bassesse mes-
me
Cependant nos pensers portent le Diadesme
Lors qu'ils deuroient mourir dedans l'humilité.

XII. ELEVATION.

Helas ! ou sommes nous viuant sur cette terre
Où nous nous repaissons des seuls obiets presens
Où nostre fantaisie est ce funeste verre
Dont le beau coloris amuse tous nos sens.
Nos appetits d'ailleurs qui nous liurent la guerre
Tous les iours côtre nous font quelques partisans,
Nostre ame par ainsi d'elle mesme s'enferre
Dans les cruels apas de ces ennuys plaisans.
Miserables mortels qui ne voulons pas croire
Ny les sanglans mal-heurs qui suiuent nos pe-
chés ;
Vn iour nous chercherons en vain quelque re-
mede
Mais helas ! nos desirs seront lors attachés
Et ne pourrons treuuer personne qui nous ayde.

XIII. ELEVATION.

L'vn des plus grands tourmens que l'homme
puisse auoir

C'eſt de voir ſa ſanté ſoubs la mort aſſeruie;
Malgré tous ſes deſſeins & malgré ſon pouuoir
Il void que tous les iours vn chacun l'a rauie:

Il s'oblige en naiſſant à ce triſte deuoir
Et la nature auſſi ſagement l'y conuie,
D'autant qu'il ſe nourrit ainſi qu'il le peut voir
D'vn million de morts qui conſeruent ſa vie.

Luy meſme ſçait fort bien que la mort pas à pas
Le pourſuit ſans delay iuſques à ſon treſpas
Qu'elle luy va forgeant lors que moins il y ſonge;

O combien eſt heureux! celuy qui iour & nuict
Conſidere qu'il eſt, comme l'ombre d'vn ſonge
Duquel tous les momens ſont des fueïlles ſans
    fruict.

XIV. ELEVATION.

O cruel ſouuenir de la mort impiteuſe
Combien deſoles tu des diuertiſſemens?
Combien dans les plaiſirs fais tu des changemens
Pres qu'autant inouys que tu parois hideuſe?

Tu ne nous monſtres point quelque fable men-
    teuſe
Pour amuſer nos ſens par des lineamens
Mais bien tu nous fais voir que tous tes documens
Different de beaucoup de leur monſtre flateuſe

Sans parler tu deduits toutes les verités
Qui peuuent diſſiper toutes nos vanités;
Eſtabliſſant ſi bien ta ſuperbe eloquence.

Que les plus grands cerueaux demeurent tous cõfus
Voulãt te regarder ſur la moindre aparéce,
Et diſent qu'icy bas tout n'eſt rien qu'vn abus.

XV. ELEVATION.

O mort que ton viſage eſt horrible aux humains!

Si toſt que tu parois tout le monde friſſonne,
Tu ne pardonne point à Mithre ny Couronne
Car pour te reſiſter nous n'auons point des mains,
   Là, ſont tous nos eſpoirs inutiles & vains
Le meilleur des amis alors nous abandonne,
Et la nature meſme effrayée s'eſtonne
De voir comme ſon Roy finit tous ſes déſſeins.
   Tu changes nos deſirs alors en vrays ſuplices
Nos palmes en Cypres & nos vertus en vices
Puis que de ce moment naiſt vne Eternité.
   Qui nous fait ſeparer de nous meſme à nous
     meſme
Et bien que ce diſcours paroiſſe bien extreme
Les ſages ſçauent bien que c'eſt la verité.

XVI. ELEVATION.

Mais qui viura content au milieu de ces ſoins
Et qui pourra gouſter les ioyes de ce monde,
Il faudroit reſſembler aux rochers pour le moins
Et loger ſon bon-heur ſur l'arene de l'onde?
   Ceux qui ne veulent point receuoir des teſ-
     moins
Ont vne ſyndereze auec eux ſi profonde
Qu'il leur faut aduoüer qu'ils n'ont point de re-
     coins
Où l'ennuy de la mort ny raporte ſa ſonde.
   Elle aproche touſiours en dormant & veillant
Le timide elle attaque ainſi que le vaillant
Sans demordre iamais dedans ſon entrepriſe;
   Qu'on la fuye ou la cherche il en ſera tout vn
Seulement elle fait diuerſement ſa priſe
Mais pour ſortir dicy cela nous eſt commun.

XVII. ELEVATION.

Elle en fait déloger la plus part ſans trompette

Qui se couchent gaillards pour ne se leuer plus,
A d'autres elle sonne vne longue retraite
Comme à ceux que les maux rendent le corps
  perclus.

Elle enleue les vns auec vn mal de teste
Les autres elle endort par des soins superflux,
Plusieurs en se iouänt treuuent qui les arreste
Et la plus part s'en vont auec vn peu de flux.

Condition estrange! autant que lamentable!
On a veu des grands Roys mourir dans vn estable
Et des foibles faquins finir dans les grandeurs,

Mais à quoy nous sert-il l'habit de ce passage?
Le sot est aussi fin pour lors que le plus sage
Puis qu'il s'en vont tous deux hors de ce lieu de
  pleurs.

XVIII. ELEVATION.

De croire que pour viure icy dans les delices
On puisse s'esloigner de son authorité,
C'est estre ridicule & subiet aux caprices
Puis que nous ne pouuons fuïr sa cruauté.

Aussi de se donner à l'effroy des supplices
Pour adoucir la faim de son auidité,
C'est se paistre de vent & se rendre complices
Des impiteux bourreaux de sa grande fierté.

Qu'on inuente à loisir tout ce qu'on peut au
  monde
Pour émousser la faux de cette vagabonde,
On ne sçaura iamais fuïr de soubs sa main.

Parce que nostre sort est basty de la sorte
Que qui naist auiourd'huy si la mort ne l'em-
  porte
Il est bien asseuré que ce sera demain.

XIX. ELEVATION.

Il n'y à rien que vous ô mon Diuin Sauueur
Qui nous a peu tirer de foubs fa tyrannie,
Vous aués fur vous mefme efpreuué fa rigueur
Et c'eft par voftre mort que vous l'aués bannie.

Vous l'aués terraffée auec tant de valeur
Et voftre grand efclat l'a rendu fi ternie,
Que deformais fon front ne nous fait plus de peur
Au moins fi voftre grace helas ! ne le denie.

Cette mort qui faifoit tout le monde fremir
Maintenant ne fert plus que pour nous endormir
Afin d'aller contens où le Ciel nous conuie,

Auiourd'huy c'eft le port de toutes nos lan-
gueurs
Le remede a nos maux & la fin de nos pleurs,
Pourueu que fans peché nous quittions cette vie.

X X. ELEVATION.

Grande mere de Dieu, Vierge toute admirable.
Dont le moindre rayon peut ternir le Soleil,
Vous n'aués reffenti que comme vn doux fom-
meil
La feparation de voftre ame adorable.

Auec mille refpects cette mort redoutab'e
Eft entrée chez vous pour y fermer voftre œil,
Quand vous l'aués voulu d'vn defir nompareil
Pour aller vous vnir à voftre fils aymable,

O douceur nompareille ! ô rare & digne iour
Que la Reyne du Ciel meurt en terre d'amour !
C'eft bien auec raifon ô Mere de la Vie.

Que les paunres mortels vous demandent fi
De fuplier pour eux à l'heure de la mort   (fort
Celuy qui vous attire & qui vous y conuie.

X X I.

XXI. ELEVATION.

Mais la merueille en eſt encore bien plus grãde
De voir les millions de ces nobles Martyrs,
Leſquels viuant çà bas ne formoient de ſouſpirs
Que pour eſtre à leur Dieu quelque plus digne
    offrande.
   Leur cœur ne reſpiroit qu'apres · cette de-
    mande
Qu'il pleut à ſa bonté d'accomplir leurs deſirs,
De verſer tout leur ſang , logeant tous leurs plai-
    ſirs
A mourir pour vn Dieu qui leur priere entende ;
   Vne mere autrefois a porté ſon enfant
Iuſques ſur le bucher pour le voir triomphant
Auec ſes compagnons de la mort & des flames;
   Et le puiſſant motif de ces vaillans guerriers
N'eſtoit que d'acquerir mille & mille lauriers
Par les tourmens du corps pour couronner leurs
    ames.

XXII. ELEVATION.

   Et ces Anges du Ciel qui viuent ſur la terre
Ne recherchent ils pas ſans ceſſe cette mort,
Dans les auſteritez puis que d'vn meſme accord
Ils ſe font à l'enuy vne cruelle guerre ?
   Comme leur vie ſemble vne ſphere de verre
Dont la fragilité n'attend rien que le ſort,
Ils eſperent auſſi ſans ſe faire d'effort
La diſſolution qui leur bon-heur enſerre.
   Ils viuent languiſſans comme des priſonniers
Bannis & relegués dedans cét Vniuers
Qui ſouſpirent touſiours apres leurs deliurances;
   Car ce que les mondains apellent vn mal-heur
Par vn excez d'amour ils le nomment bon-heur

                      P

Parce que c'eſt la fin de toutes leurs ſouffrances.

XXIII. ELEVATION.

Mais làs! ce n'eſt pas tout que de mourir içy
Tout le monde le ſçait comme eſtant veritable,
Le principal motif de tout noſtre ſoucy
C'eſt d'aprendre où l'on va, s'il eſt au moins fai-
ſable.

L'ame ſe ſeparant d'auec ce corps tranſi
Eſt forcée d'aller rendre vn compte notable,
Deuant vn Souuerain lequel eſt eſclaircy
Des moindres mouuemens de cette miſerable.

C'eſt là qu'il faut paroiſtre auec ſes actions,
Ses penſers, ſes deſirs, & ſes intentions,
Sans qu'on puiſſe iamais ſe ſeruir de ſoupleſſe:

Moins encore pour tout d'aucun deguiſement,
C'eſt là qu'on ne peut point pallier ſeulement
Le plus petit clin d'œil portant de la moleſſe.

XXIV. ELEVATION.

Ce compte eſt ſi exacte & ſi plein de rigueur
Que les Cieux ſont impurs deuant cette juſtice,
Et le ſage a raiſon combien qu'il ſoit ſans vice
De chercher les moyens d'éuiter cette peur.

Mais que dira pour lors cét enorme pecheur
Dont l'ame criminelle eſt digne du ſuplice,
Et dont la vie aura touſiours eſté complice
De tous les plus grands maux qu'on lit auec hor-
reur?

O Dieu! qu'elle eſperance alors pourra-t'il
prendre
Et de qu'elle raiſon pourra-t'il ſe deffendre
Pour apaiſer les yeux de ce Iuge irrité?

Le plus ſeur c'eſt de viure en telle penitence

Que quand il nous faudra paroiſtre en ſa preſence
Il eſt compaſſion de noſtre infirmité.

XXV. ELEVATION.

Et pour mieux conceuoir l'eſtat de ce paſſage
Auquel nous ſerons tous tres-iuſtement jugés,
Suiuant les actions dont nous ſerons chargés
Lors que nous y viendrons ſans mains & ſans vi-
  ſage.
 C'eſt dans ce meſme inſtant que ſeuls & ſans
  langage
Quoy que tous languiſſans & foibles & changés
Selon le jugement nous ſerons engagés
Dans vne eternité de douceur ou de rage.
 On ny connoiſtra point aucune qualité
Puis qu'vn pauure y ſera comme vn grand reſ-
  pecté
La vertu toute ſeule y ſera dans l'eſtime;
 Et tel qui nous paroiſt auiourd'huy ſi zelé
Pour s'eſtre mal-heureux d'amour propre aueuglé
Se verra clairement dans le fonds de l'abyſme.

XXVI. ELEVATION.

Combien à tous momens viennent ils là pa-
  roiſtre
Pour eſtre dans l'Enfer à iamais condamnés ?
Mais combien de Chreſtiens alors ſeront damnés
Pour n'auoir pas voulu pluſtot ſe reconnoiſtre.
 O bien-heureux eſprit qui viués dans le cloiſtre
Pour eſtre dans le Ciel quelque iour couronnés,
Dans vos propres meſpris viués bien adonnés
Afin qu'en ce iour là l'on vous puiſſe connoiſtre.
 Peu dans ce jugement iront parmy les Saincts,
Pour s'eſtre meſconnus dãs leur propres deſſeins,

Et pour n'auoir preueu ce moment redoutable:
   O mon Dieu donnés moy que i'y fonge tou-
     fiours
Afin que de mes ans i'examine le cours
Pour eftre dans ce iour digne de voftre table

XXVII. ELEVATION.

Penetre plus auant encore vn peu mon ame
Et regarde de prés qui t'acompagnera;
Veu que dans cét inftant auec toy nul n'ira
Si ce n'eft ton bon Ange & ton demon infame.

   Ton bon Ange voudra t'exempter de la flame
Pour te conduire au Ciel quand il s'en volera,
Mais le cruel demon pour lors t'accufera
Et de toute ta vie il ouurira la trame.

   Tandis que l'vn dira tous les biens que tu faicts
L'autre te conuaincra par tes propres mesfaits
Et te rendra troublée, effrayée, & confufe;

   Pour n'auoir pas preueu cette perplexité:
Car fi le iuge n'a lors que feuerité
Maintenant que fais-tu ? & qu'eft-ce qui t'amufe?

XXVIII. ELEVATION.

De plus ce iugement par tout il fe peut faire,
Parce que ce grand iuge eft Roy de tous les lieux,
Dans la ville & aux champs, oyfeux, ou en affaire
A la table, à cheual, malade, ieune, ou vieux.

   A la ruë & au lit, mefmes dans la riuiere
Tu treuueras ton compte au deuant de tes yeux,
Ce moment qui fera la fin de ta carriere
Te doit troubler d'ennuy ou te rendre ioyeux.

   Regarde maintenant quel tu fouhaites d'eftre

Alors qu'il te faudra dans ce temps comparoiſtre,
Que ſi tu me reſponds, le terme vaut l'argent.

Ie ne ſçay pas qui peut tenir vn tel langage,
Puis que ce ſouuenir eſt tellement rongeant
Qu'il oſte le trauail meſmes au plus ſauuage.

XXIX. ELEVATION.

Le grand Hilarion au bout de ſeptante ans
Connoiſſant qu'il faloit quitter la vie humaine,
Et delaiſſer ſon corps ; ſe treuua bien en peine
Quoy qu'il eut ſainctement acheué tout ce temps.

Il s'animoit luy-meſme auec des grands eſlans
Diſant mon ame forts ne ſois plus incertaine,
Sors hardiment d'icy tu n'as rien qui te gehene
N'as tu pas ſeruy Dieu ? qu'eſt-ce que tu pre-
        tends ?

Que ſi l'ame d'vn Sainct mouroit dedans ces
        craintes
Que faira le pecheur auec toutes ſes feintes
Quand il faudra partir pour s'en aller d'icy.

Et que la mort dira qu'il faut quitter la vie
Meſpriſera-t'il bien ce diſcours racourcy ?
Mais en aura-t'il bien quelque petite enuie ?

XXX. ELEVATION.

Mon ame n'attends pas qu'aucune creature
Dedans ce jugement te ſerue de ſuport,
Tout ce qu'on a chery çà bas hors de meſure
D'vn triſte ſouuenir nous bleſſera plus fort.

Abſalon cheriſſant ſa grande cheuelure
Par iuſte jugement fut cauſe de ſa mort
Ainſi nos faux amours dans la vie future

Seront nos vrays bourreaux tous d'vn commun
    accord.
    C'est vous mon doux espoir belle Reyne des
      Anges
Qui viués au dessus de toutes les loüanges
Qui plaiderés pour moy bien efficacement:
    Vous me l'aués promis ô Merè incomparable
Mettant au monde vn Dieu qui ne s'est fait pal-
    pable
Que pour vous accorder mon affranchissement.

XXXI. ELEVATION.

    O peché mal-heureux tu nous donnes ces
      craintes
C'est toy qui nous reduits dans cette extremité,
Nous n'espreunerions point de si viues atteintes
Si tu ne nous causois cette perplexité.
    Mais faut il qu'vn moment de tant de joyes
      feintes
Nous engage à iamais dans vne Eternité,
Pour nous combler de maux, de langueurs & de
    plaintes
Sans espoir de jouïr iamais de la clarté ?
    Infortuné peché! nés-tu pas haïssable !
Et de tous les humains helas ! bien mesprisable !
Puis que tu nous fais estre ennemis du bon Dieu
    Combien dans les Enfers bruslent ils dans les
      flames
Pour auoir au peché abandonné leurs ames,
A ne sortir iamais de cét infame lieu ?

XXXII. ELEVATION.
Pour la nature humaine vn seul plaisir la mise
Dans la bassesse helas ! qu'on la void à present,

Cette fatale pomme a rauy sa franchise
Et la tient dans les fers d'vn peché complaisant.

    Si bien que pour couurir cette grande sottise
Il a falu qu'vn Dieu tout en s'humanizant.
Ait exposé son corps au chaud voire à la bize
Aueques les rigueurs qui vont s'imbolizant.

    Iuge donc maintenant la grandeur d'vn seul
      crime
Puis qu'il met les plus hauts dans le fonds d'vn
      abysme,
Et contraint vn Dieu mesme à mourir sur la
      Croix :

    O mon Dieu mon Sauueur, que iamais nulle
      offence
N'entre pas seulement dedans ma souuenance
Que plustot mille morts m'accablent de leur
      poids.

XXXIV. ELEVATION.

    O mon Dieu d'où me vient cette funeste enuie
De vouloir offencer vostre immense bonté?
D'où me peut prouenir cette temerité
De vouloir attenter sur l'autheur de la vie?

    N'est-ce pas mon orgueil lequel vous la rauie
Puis qu'autant que i'ay peu ie vous ay mal traicté,
Et quoy qu'il m'eut falu plustot n'auoir esté
Cependant la superbe à tous coups m'y conuie.

    Ie ne suis rien pour tout qu'vn petit vermisseau
Qui ne fais que tourner autour de son tombeau;
Portant i'ose esleuer mon insolente audace

    Toutes & quantesfois que i'offence vos yeux
O mon Dieu qu'à iamais ie vous suiue à la trace
Afin de rauager mes desseins orgueilleux.

XXXV. ELEVATION.

Auec iuſte raiſon l'orgueil eſt l'origine
Et de tous les tourmens & de tous les Enfers
Veu que dedans le Ciel non plus qu'en l'Vniuers
Aucun mal n'eſt ſorty que de cette racine.

Le deſordre il nourrit d'vne guerre inteſtine
Car l'homme ne ſeroit la paſture des vers,
Si l'homme n'eut eſté vers l'homme ſi peruers
Et qu'il eut accomply la volonté Diuine.

Ainſi que l'orgueilleux dans le Ciel n'entrera
De meſme dans l'Enfer iamais l'humble n'ira
Ce qui nous doibt ſans doubte eſtre conſiderable
Pour euiter l'horreur de cette obſcurité
Car comme il ny a rien icy de plus faiſable
Nous ne deuons ſonger rien qu'à l'humilité.

XXXVI. ELEVATION.

Mon ame ſonge bien à çe lieu de ſupplices
Et tu verras pour lors le ſeiour de l'orgueil,
Où ne luit, ny paroit la clarté du Soleil,
Puis que c'eſt le plus grand de tous les precipices.

On y bruſle touſiours ſans voir que des ma-
lices
On y ſouffre ſans ceſſe vn tourment nompareil.
On meurt, on y renaiſt dans vn meſme cercueil,
Où l'on ſent le rebours de toutes les delices.

L'on patit dans l'eſprit, dans l'ame & dans le
corps
Et les peines qu'on ſent ſont dedans & dehors;
L'imagination ou peut atteindre l'homme
Ne ſçauroit arriuer à l'excés de ces maux;
L'Ange meſme ne peut exprimer l'vn des fleaux
Que cauſe à la nature vne legere pomme.

XXXVII

XXXVII. ELEVATION.

Faut il pas aduoüer l'homme bien ignorant
Où remply des fureurs d'vne noire folie ?
De dire qu'il ſçait bien ce ſupplice ſi grand
Et peche cependant ? qu'elle mélancholie ?

Qu'il ignore ce feu qui va tout deuorant ?
Sa memoire ne peut à moins qu'elle s'oublie
Il le ſçait ; & ſi peche ! ô Dieu ! dans quel torrent
Son ame mal-heureuſe eſt elle enſeuelie !

Nous ne ſçaurions iamais preuoir trop ce danger
Puis que nous ne ſçaurions trop iamais y ſonger ;
Ce doit eſtre vn miroir à toutes nos penſées

D'ont la glace reluiſe au milieu de la nuiĉt
Afin d'en recueillir le deſirable fruiĉt
Qui preſerue nos cœurs des fautes inſenſées.

XXXVIII. ELEVATION.

Combien que ces tourmens nous paroiſſent
extreme
Parce qu'il le ſeront tous veritablement,
On ne les ſentiroit que bien legerement
Si cent mille ans finis ils finiſſoient de meſmes.

Mais cette Eternité de cris & de blaſphemes
Suſpend les plus ſubtils tres-infiniement,
Car le nombre eſt ſans nombre en prenant ſeule-
ment
La durée des temps qu'auront ces poliphemes.

O temps ! Eternité ! mots helas ! tous bien
courts

Pout dire des damnez & les ans & les iours
A caufe que iamais ne finiront leurs peines:
   Ny de leurs loñgs ennuis ils ne verront la fin
Ce qui les portera de maudire les chefnes
Qui vont éternifant leur mal-heureux deftin.

XXXIX. ELEVATION.

  Les tourmens, & les feux, les demons, & les
    glaces
Ne font pas les derniers de leurs plus grands mal-
    heurs,
Ny cette Eternité qui comprend les difgraces
Auec les cruautés de toutes leurs langueurs.
   C'eft la priuation du Diuin Roy des graces
Qui remplira d'ennuy leur miferables cœurs,
Se voyant tous bannis pour iamais de ces places
Qu'ils pouuoient acquerir auec fi peu de pleurs.
   C'eft le comble cruel de leurs plus grandes
    rages
Et ce qui plus au vif touchera leurs courages:
O déplorable eftat diront ils forcenés:
   Pourquoy n'aquifmes nous iamais dedans le
    monde ?
Faloit il que nos iours miferables damnés
Fuffent fuiuis helas ! d'vne nuiɗt fi profonde?

XL. ELEVATION.

  O Vierge immaculée efleuë auant le temps
Ne nous refufez pas aumoins d'eftre propice,
Maintenant & fur tout à la fin de nos ans
Veu la perte euidente où tend noftre malice.
   Dans la crainte de Dieu rendez nous plus con-
    ftans

Afin que le peché ne nous mette au supplice,
Et que de son venin nous nous treuuions exempts
Ayant tousiours horreur du nom mesme du vice.

 C'est le plus grand bon-heur que l'on peut me-
 riter
Et le plus grand danger que l'on doit éuiter
Puis qu'on s'esloigne ainsi de la prison obscure:

 Où sont pour vn iamais ces pauures criminels
Lesquels sont engagez dans ces feux eternels
Pour auoir mesprisé cette crainte future.

LXI. ELEVATION.

Mais bon Dieu ! que fairont ces mal-heureuses
 ames
Lors qu'il faudra paroistre à ce grand jugement,
Et que dedans leurs corps remises promptement
Elles deurôt r'entrer dans leurs premieres flames.

 Qu'est-ce qu'elle diront oyant les cris infames
De tant de scelerats dont l'espouuantement,
Faira trembler la terre auec estonnement
Veu la grand quantité tant d'hommes que des
 femmes ?

 Ce juge paroistra dedans sa maiesté
Pour iuger tout le monde auec authorité,
Ayant les bons à droit & les mauuais derriere;

 Tout entouré de gloire il dira lors aux bons
Venez mes bien-aymez pour jouyr de mes dons
Et vous maudits allez dedans vostre taniere.

XLII. ELEVATION.

Quel sanglant desplaisirs receuront ces dam-
nez
Voyant deuant leurs yeux cette face diuine,
Qu'ils ont tant mesprisée & qui lors les confine

Au pouuoir abſolu des demons decheſnés ?
   Montagnes diront il ſur ces abandonnés
Tombés impunément auant qu'on nous deſtiné
Au reproche eternel qui nous ronge & nous
    mine
De nous eſtre nous meſme à ces feux condamnés.
   Couurés ces mal-heureux d'vne eternelle
    honte
Et de tous nos pechés couurés auſſi le compte
Veu que nous n'en pouuons les peines éuiter;
   Accablés pour iamais ſoubs vos grandeurs im-
    menſes
De noſtre eſtre maudit toutes les ſouuenances;
Mais làs ! c'eſt tout en vain de vous ſolliciter.

XLIII. ELEVATION.

   O mon ame en peſant cette grande triſteſſe
Conçois en vne auſſi viue pour iamais,
Qu'elle enfante chez toy de tes propres mesfaits
Vne extreme douleur meſlée d'allegreſſe.
   Il faut qu'à leurs deſpens tu profites ſans ceſſe
Et que de leur mal-heur tu tires les bien-faits
S'ils ont voulu perir dans leurs propres excés
Delivre toy du mal qui maintenant les preſſe.
   O perte irreparable ! ô mal-heur ſans pareil !
Et de tous les plus grands que voye le Soleil
Puis que du fils de Dieu le ſang eſt inutile
   A tous ces mal-heureux qui ne l'ont pas voulu:
Se ſont il pas perdus d'vn deſſein reſolu
Car ils n'euſſent treuué rien plus de ſi facile?

XLIV. ELEVATION.

   Combien differément les bien-heureux eſprits
S'en iront ils contens pour iouir de la gloire,

Dans ce seiour où sont les joyes & les ris
Dont l'immortalité leur sera si notoire ?

O demeure charmante ! ô palais de grand prix
Puissiés vous demeurer dedans nostre memoire
Iusqu'à ce que dans vous nous soyons tous com-
       pris
Pour admirer l'esclat d'vn si sainct oratoire.

Qui pourroit expliquer la grand suauité
Que reçoiuent les saincts dans la felicité
Pour auoir enduré quelque petite engoisse ?

A moins que de gouster ce torrent de plaisir
Nous ne sçaurions parler d'vne telle allegresse
Qui charme leurs ennuys & comble leurs desirs.

XLV. ELEVATION.

O beau Ciel quand ie songe à vostre immen-
      sité.
Et que i'admire aussi vos lambris adorables,
Ie meurs dans les desirs d'vne telle beauté
Et lairrois de bon cœur ces membres perissables.

Que s'il m'estoit permis auec impunité
D'abandonner la vie aux bestes indomptables
O Dieu ! combien i'iroit auec auidité
Esguiser la fureur de leurs dents effroyables.

Ainsi qu'vn sainct Ignace au rencontre i'irois
Et pour me deuorer ie les prouoquerois
Pour auoir de ce lieu plustost la iouïssance !

Belle Ierusalem que vostre nom me plaist !
Tout pour l'amour de vous icy bas me desplaist
Aussi n'aspire ie, qu'à vostre connoissance.

XLVI. ELEVATION.

Quel cœur refusera desormais de souffrir
Tout ce qui sur la terre est de plus difficile ?
Qui n'embrassera pas pour vn tel domicile

Les plus grandes rigueurs dont on peut difcourir?
Ie ne croiray iamais quand on deuroit mourir
Qu'on treuue rien plus doux ny rien de plus fa-
cile,
Pour eftre Citadins d'vne fi belle ville
Comme tant de martyrs qui n'ôt fait qu'y courir.
Le penfer feulement donne de l'allegreffe
Et fuffit d'y fonger pour bannir la trifteffe
Tant ce lieu nous remplit de defir & d'amour:
De mefme qu'vn banny n'a rien tant qui le
touche
Que fon pays natal qu'il à toufiours en bouche
Ainfi languit mon ame apres ce beau feiour.

XLVII. ELEVATION.

Si nous mourons d'amour pour le lieu feule-
ment
Qu'eft ce que nous ferons pour le Dieu qui l'ha-
bite,
Quels defirs quels tranfports ? & quel contente-
ment
Aurons nous de iouïr de ce bien fans limite ?
Mon ame admire vn peu dans quel rauiffement
Te treuueras tu lors dedans cette vifite,
Voyant que pour vn peu de peine & de tourment
Tu t'és acquis fans fin vne gloire d'eflite.
Tout ainfi qu'vne efponge au milieu de la mer
Tu te verras en Dieu, de Dieu mefme abyfmer
Auec tant de douceurs, de ioyes & d'amorces
Qu'on ne peut pas çà bas en parler dignement
Seulement tu voudrois auoir eu plus de forces
Pour fouffrir pour ton Dieu plus liberalement.

XLVIII. ELEVATION.

Cette felicité qui nous paroiſt ſi belle
Dont la poſſeſſion n'aura iamais de prix
S'acquiert facilement puis qu'vn peu de meſpris
Des choſes d'icy bas nous la rend éternelle.

Bon Dieu qui le croiroit ! la peine temporelle
Qui paſſe en vn moment enrichit nos eſprits,
Et met entre nos mains ces ſuperbes lambris
Comme les heritiers de la gloire immortelle.

C'eſt la vraye monnoye & le plus pur de l'or
Que de patir çà bas pour gagner ce threſor
Veu que le Sauueur meſme acquit ainſi la gloire.

Et falut qu'il ſouffrit les rigueurs de la mort
Pluſtot que de r'entrer dans ce celeſte port
Ce qui pour les humains eſt digne de memoire.

XLIX. ELEVATION.

Ie croy qu'on ne ſçauroit endurer de la peine
Ny reſſentir en nous non plus quelque douleur,
Si nous voulons aymer noſtre Diuin Sauueur
Lequel tous par la main nous conduit & nous
　　meine.

Nous treuuons quelque fois bien legere la
　　cheſne
Qu'on porte volontiers pour quelque amy fla-
　　teur,
Et quand il nous promet d'en payer la ſueur
Nous courons ſur les monts ainſi que dans la
　　pleine.

He ! que ferons nous donc pour vn tel paye-
　　ment
Qui gage nos trauaux ſi prodigalement
Voyant d'ailleurs l'amour que ce grand Dieu
　　nous porte;

O Croix, peines, trauaux, langueurs, fupplices,
feux,
Afronts, mefpris, degouts, foyés les biens venus
Pour l'amour de IESVS dont l'ardeur eft fi forte.

L. ELEVATION.

O mere de l'amour d'ont vous eftés remplie
Qui tenés dans le Ciel toufiours le premier rang,
Comme ayant de grand cœur fourny le premier
fang
Dont noftre liberté fut en croix ennoblie.
Rendés nous icy bas comme ie vous fupplie
Digne de poffeder quelque lieu dans ce flanc
Qui fut percé pour nous, d'où le rouge & le blanc
Sortit pour enfanter l'Eglife enfeuelie.
Que nous ferons heureux de goufter dans le
Ciel
Ces Royalles faueurs plus douces que le miel,
Que par voftre bonté nous aurons obtenuës
Nous ferons à iamais enyuré de l'amour
Alors les verités nous luiront toutes nuës
Et nous vous benirons toufiours dans ce feiour.

VOYE ILLVMINATIVE

I. ELEVATION.

LA Sainĉte Trinité dans fon facré confeil
Ayant donc refolu de guerir le dommage,
Que l'homme s'eftoit fait par fon propre courage
Deffeigna d'enuoyer le Verbe fon Soleil.
Et proieĉta de mefme vn Temple fans pareil
Car puis que d'vne femme eftoit tout le rauage,

II

Il faloit auſſi qu'vne emportat l'aduantage
Et nous donnat la vie au milieu du cerçueil.

    Il deſtina la Vierge auant qu'eſtre çonceuë
Et l'enrichit des dons pluſtot qu'eſtre connuë
De tous les plus exquis qu'on peut s'imaginer

    La rendant belle nette & digne d'eſtre mere
Du plus parfait des fils ; qu'elle verra regner
Sur le Throſne immortel à coſté de ſon Pere.

II. ELEVATION.

    Deſcendez maintenant ô troupes Angeliques
Pour conſeruer le ventre, où la vierge reluit,
Vous auez intereſt à conſeruer ce fruict
Puis qu'elle aura la clef de vos portes antiques.

    Elle repeuplera vos places magnifiques
Et donnera le iour au milieu de la nuict ;
Les ſaincts Pere du Lymbe en font deſia du bruit
Et tous d'vn meſme accord en chantent des can-
    tiques.

    Bien-heureuſe ſaincte Anne au comble de vos
    ans
Puis que vous enfermez noſtre aymable prin-
    temps ;
Enfantez-nous donc toſt cette adorable Reyne.

    Qui doit trancher vn iour tous nos nœuds gor-
    diens
O que vous eſtes longue à nous donner ces biens
Peut on point auancer voſtre ſaincte neufuene ?

III. ELEVATION.

    Enfin voicy le iour de cét accouchement
La Vierge eſt deſia née, ô ! merueille inconnuë !
Grande Mere de Dieu ſoyez la bien-venuë

                      R

Vous qui sanctifiez nostre bas Element.

Princes, Monarques, Roys, hastez vous promptement

Pour luy dire à genoux beau Ciel que tout saluë,

Qu'vn chacun puisse ainsi jouyr de vostre veuë

Pour ne rentrer iamais dans son aueuglement.

Maintenant ô pecheurs viuez dans l'esperance

D'obtenir quelque iour la pleniere indulgence

Puis que celle qui doit porter nostre Sauueur,

Commence de paroistre au milieu de la terre

Et dont les petits yeux liurent desia la guerre

A cette impureté qui nous ronge le cœur.

IV. ELEVATION.

Mon ame esleue toy plus haut que tu n'ez mesme

Pour adorer le iour de ta natiuité,

Puis qu'en ce mesme iour toute la Trinité

Fit naistre aussi la Vierge auec vn Diadesme.

O bon-heur sans pareil ! ô prouidence extre.
me !

Ie nays le mesme iour pour la felicité,

Que la mere de Dieu nait dans l'humanité

Dans laquelle le Verbe y veut naistre luy mesme.

Entre le plus beaux iours c'est le iour le plus
beau

D'autant que la nature est libre du tombeau

Où nos premiers parens l'auoit enseuelie,

Helas Diuine Aurore estant à deux genoux

Ie vous demande au moins qu'à iamais ie publie

Que ie meurs en naissant pour viure prez de vous.

V. ELEVATION.

Si l'Ange Gabriel promit qu'à la naiſſance
Du grand ſainct Iean Baptiſte on ſe resjoüiroit,
Parce que le Sauueur au doigt il monſtreroit
Comme l'Aigneau ſans taſche & remply d'inno-
    cence.
    Combien deuons nous plus celebrer cette en-
    fance
De la petite Vierge ainſi qu'il aparoiſt ?
Nos Aubois & nos Luths auec vn plus grãd droit
Doiuent tous raiſonner cette reſiouyſſance.
    C'eſt l'Aurore naiſſante & l'aſtre rauiſſant
Qui monſtrera Dieu meſme en ſon ſein inno-
    cent,
C'eſt elle qui ſera la grand Mediatrice
    Pour apaiſer ce Dieu flamboyant contre nous
Elle nous le rendra ſi doux & ſi propice
Que nous l'adorerons aſſis ſur ſes genoux.

VI. ELEVATION.

Si toſt qu'elle paruint au bout de trois années
Ses parens qui l'auoient dediée aux Autels,
S'en allerent l'offrir par des veux immortels
Dans le Temple où les Loix eſtoient tres-bien
    Gardées.
    Le Preſtre la reçeut tout au bas des montées
Qu'elle franchit ſans ayde ; & ſes pas furent tels
Qu'ils ont eſté marquez par les pieux mortels,
Pour les quinze eſchellons de ſes vertus dottées.
    Elle eſtoit la premiere en ce celeſte lieu
Pour faire dignement le ſeruice de Dieu

Ses compagnes prenoient sur elle tout l'exemple,
  A veiller , & iuſner, obeyr, & prier
Elle eſtoit tout l'honneur de ce ſuperbe Temple
Dont les moindrès regards ſe faiſoient adorer.

VII. ELEVATION.

Et combien qu'elle fut ſeulette la premiere
Qui fit veu de garder touſiours ſa pureté,
Neantmoins elle fut d'vn deſſein proietté
Accordée à Ioſeph par la Loy ordinaire.
  Ayant paracheué ſon ardente priere
Elle obeyt ſans peur de franche volonté,
Sçachant bien que ſon corps ſeroit en liberté
Et que ſon cher eſpoux la laiſſeroit entiere.
  Le Ciel le luy donnoit comme ſon gardien
Qui la protegeroit au deſpens de ſon bien,
Et que lors qu'il ſçauroit ſa qualité de mere:
  Il la reſpecteroit comme le digne autel
Où ſe repoſeroit le fils de l'immortel
Auquel tout obeït & fait gloire de plaire.

VIII. ELEVATION.

Enfin le temps qui court d'vne extreme viteſſe
Fit arriuer le iour de l'Incarnation,
Vn matin qu'elle eſtoit contemplant la promeſſe
Qu'auoit fait aux humains ce grand Dieu de Sion.
  Elle aperceut vn Ange eſclaſtant de richeſſe
De beauté, de pudeur, & de ſoubmiſſion
Qui luy dit (Dieu vous gard) adorable Princeſſe
Qui poſſedez la grace en ſa perfection.
  N'ayez crainte de rien bien-heureuſe Marie
C'eſt auiourd'huy que Dieu auec vous ſe Marie

Vous conceurez son fils par l'air du S. Esprit
   Son nom sera IESVS qui sauuera le monde
Et celuy que iamais ce grand Ciel ne comprit
Dans vos pudiques flancs tout entier il se fonde.

IX. ELEVATION.

   Quand la Vierge eut conceu son propre Crea-
     teur
Le mesme Ange luy dit que sa chere cousine,
Auoit aussi conceu le Diuin Precusseur
Lequel anonceroit la volonté Diuine.
   Elle part aussi tost & sans crainte ny peur
Vers les mont de Iudée en haste s'achemine
Et salüa dabord d'vne grande pudeur
La mere de sainct Iean, qui la baisant s'incline.
   Disant tout hautement quoy la Mere de Dieu
Vient elle deuers moy dans vn si triste lieu ?
Mon fruict à tressally par vne extreme ioye
   Qu'à iamais soyez vous bien-heureuse & vos
     flancs
Qui portent le thresor des siecles & des temps
Puis que pour auoir creu ces biens il vous actroye.

X. ELEVATION.

   O Reyne des humains & des Anges aussi
Vous comblez de bien-faits le lieu de Zacharie,
Et ne refusez rien à celuy qui vous prie
S'il en veut tant soit peu prendre quelque soucy.
   Par tout vos doux regards se font connoistre
     ainsi
Si seulement on dit ce beau nom de Marie,
Helas ! ie vous inuoque & si semble ie crie

Cependant mon esprit est tousiours obscurcy ?
Ha ! ie me doute bien don prouient ma misere
C'est que ie suis de glace au temps de la priere :
Digne Mere d'Amour, donnez-moy de ce feux
Dont vous estes prodigue à tant de belles
ames;
Ie fondray mes glaçons dedans vos viues flames
Et peut estre qu'vn iour i'y mourray bien-heureux.

XI. ELEVATION.

A cause des grandeurs que Dieu vous a donné
Grande Vierge auiourd'huy vous estes rauissante
Dedans vos propres flancs il s'est comme en-
chesné
Ce cher Verbe Diuin ô Mere triomphante.
Vostre aymable Ioseph en est tout estonné
Mais la metueille en est aussi plus excellente,
D'autant qu'il sera seul le tesmoin fortuné
De vostre pureté sur la terre ignorante.
Le Ciel ne fut iamais si riche que vos flancs
Puis qu'il n'a iamais veu le Verbe dans le temps
Dont la nature humaine en prend tel auantage.
Que mesme le penser en est tout inoy
Car si Dieu nous a fait i'adis à son image
A nostre ressemblance il se fait auiourd'huy.

XII. ELEVATION.

La Vierge de retour dedans sa maisonnette
S'occupe tous les iours durant pres de six mois,
A contempler comment Dieu faisoit ce grand
choix
Dans la simplicité d'vne pauure fillette.

Or tandis que Ioseph diligemment s'appreste
D'aller en Bethleem pour obeyr aux Loix,
Qui les y contraignoit eux deux tout à la fois
Pour se faire inserer dans la publique enqueste.

Elle d'autre côsté ramasse promptement
Quelque meschans drapeaux pour son accouche-
ment
Prevoyant que le temps estoit desia bien proche.

Mais làs! ils ne sçauroient treuuer place en ce
lieu?
O Cieux, Anges, Esprits, si vous n'estes de roche
Accourez au secours de la Mere de Dieu.

XIII. ELEVATION.

Sera-t'il bien possible ô Reyne des apas
Que pour vous ces maisons soient tant infortu-
nées?
Et qu'en tout Bethleem il ne se treuue pas
Quelque petit recoin ez plus abandonnée s.

Quoy? celle qui verra quelque iour soubs ses pas
Les testes des plus grands & les mieux couronnées
Faut qu'elle fasse helas! ses couches fortunées
Dans le lieu le plus vil qui se treuue çà bas?

Sans doubte Bethleem tu dois bien estre in-
digne
De posseder ce bien qui paroist tant insigne
Outre que celuy là qui naistra cette nuict.

Doit mespriser si fort cét esclat qui nous trôpe
Que dans sa pauure vie il destruira sans bruit
Les superbes grandeurs du monde & de sa pompe.

XIV. ELEVATION.

Celuy qui fut tousiours sur ces voutes parées
Et qui regnant en soy vit éternellement,
Veut paroiſtre auiourd'huy ſur ce bas Element
Reueſtu de la peau qui porte nos liurées.

Comme dedans le Ciel trois perſonne ſacrées
Sont dans vne ſubſtance vnies ſainctement
De meſme ſur la terre on void eſtroitement
Trois ſubſtances en vn pour y eſtre adorées.

Vne Vierge produit les delices des yeux
Aueques ce grand Dieu qui baſtit tous les Cieux!
Sus mon ame debout alons voir ce myſtere:

Dedans ce Bethleem où l'Eſtoile reluit
Et là nous aprendrons comment il ſe peut faire
Qu'vn Soleil puiſſe naiſtre au milieu de la nuict.

XV. ELEVATION.

O prodige inouy de voir la creature
Produire dans le temps ſon Diuin Createur!
Le mettre repoſer deſſus la terre dure
Et l'adorer ainſi comme ſon Redempteur!

Elle l'embraſſe auſſi voyant comme il endure
Sur ce foin vil & froid tout remply de rigueur
Sans auoir bois ny feu ny point de couuerture
Ce qui bleſſe la Vierge & luy perce le cœur.

Ce nonobſtant Paſteurs allez voir la merueille
Dit vn Ange brillant c'eſt moy qui vous réueille
Le Verbe s'eſt fait cher la gloire en ſoit aux Cieux

Et la paix immortelle aux homme debonnaires
Vous verrez dans ce lieu la plus pure des meres
Et le fils le plus beau qui rauiſſe les yeux.

XVI. ELEVATION.

Les huict-iours escoulez ils vont le circoncire
Comme portant l'habit d'vn petit criminel,
Et quoy qu'il ait du monde & la gloire & l'em-
Si repend il pourtant ce beau sang maternel. (pire
   La grand douleur qu'il sent fait qu'il pleure &
     soufpire
Encore bien qu'il soit le fils de l'Eternel,
Chose estrange mais vraye ! & laquelle on peut
Que l'impassible souffre en ce seiour mortel. (dire
   Doux IESVS c'est ainsi qu'auiourd'huy l'on
     vous nomme
Au despens de vos pleurs ô le vray Fils de l'Hom-
   me;
Il vous couste bien cher ce beau nom de IESVS:
   Puis que vous respandez du sang en abon-
     dance,
Ne racheptez vous point desia par quelque auace
L'infame liberté de mon cœur langoureux ?

XVII. ELEVATION.

   Mais ô grand sainct Ioseph n'oyez vous point
     le bruit
D'vn tumulte confus de quelque multitude ?
Voudroit on vous rauir cét admirable fruict
Dans le triste seiour de cette solitude ?
   Non, non, ne craignez rien cette estoile qui
     luit,
C'est la mesme qui fait qu'auec solicitude
Trois Roys de l'Orient qu'elle mesme a conduit
Sont venus l'adorer par vn chemin bien rude,

Voila qu'ils vont entrer afin de luy offrir
Du Mirrhe, de l'Encens, du bon or d'Offir
Comme Dieu, homme, Roy, luy faisant cette
    offrande;
  Ce qui fait voir assez que ce petit enfant
Quoy que pauure & tout nu dans sa bassesse
    grande
Est mesme des grands Roys auiourd'huy triom-
    phant.

XVIII. ELEVATION.

  C'est assez arresté dans ce petit estable
O Mere de mon Dieu, voicy venir le iour,
Qu'il faut vous en aller dans ce Temple adorable
Pour vous purifier en offrant vostre amour.
  Mais ô Diuin Soleil vous estes impeccable
Pourquoy venez-vous donc dans ce Sacré seiour?
Que si vostre pudeur est toute incomparable
Comment y venez vous paroistre à vostre tour ?
  Sans doubte vous voulez prendre le rare exem-
    ple
De vostre Fils vnique entrant dedans ce Temple
Lequel à tous les yeux veut paroistre pecheur,
  Encore bien qu'il soit luy mesme l'innocence:
Et comme vous n'auez tous deux qu'vn mesme
    cœur
Vous copiez sa vie à la moindre aparence.

XIX. ELEVATION.

  Cependant sainct Ioseph aprend d'autres nou-
    uelles
(O Vierge) dés qu'il fut couché dans sa maison,

C'eſt qu'Herode a deſſein ſans aucune raiſon
D'arracher mon IESVS de vos douces mammel-
    les,
   Leuez vous promptement ô la belle des belles
Pour fuïr le danger de cette trahiſon,
Emportez en Egypte auec vous la toiſon
Dont le prix eſt ſans prix parmy les immortelles.
   L'hyuer & le fardeau vous ſeront touſiours
    doux
Ie vous ſoulageray quelque fois à genoux
Si vous m'en iugez digne ô Mere deſolée:
   Et ne regretez point Nazareth ny ſon lieu
Par tout où va le Roy la cour eſt appellée
Et le Ciel vous ſuiura puis que vous portez Dieu.

XX. ELEVATION.

   O Reyne des bontez, Vierge des plus aymables,
Dont le nom adoucit les plus grandes rigueurs,
Ne m'abandonnez plus dans le rang des coupa-
    bles,
Mais bien effacez moy du liure des pecheurs.
   Si ces petits Martyrs qui ne ſont pas capables
Ny d'eſtre criminels ny d'eſtre vſurpateurs,
Ont eſté deſpecez par ces mains execrables
Pour ſouler d'vn tyran les extremes fureurs:
   Que feroient les demons dans leur demeure
    s'ombre
Pour vanger les pechez que i'ay commis ſans
    nombre
Contre voſtre cher fils auec tant de venin?
   Souffrez donc qu'auec vous ie fuye de bonne
    heure
Mon cœur vous ſeruira quelque fois d'aduenture
Ainſi j'euiteray les priſes du malin.

XXI. ELEVATION.

Les broüillards font paffez reuenez belle Au-
    rore
Herode eft defia mort l'on ne vous cherche plus,
La clarté du Soleil que tout le monde adore
Doit paroiftre en Iudée aueques tous fes feux.

    Dés l'âge de douze ans vous le verrez efclore
Dans le diuin pourpris de fon Temple fameux,
Voyez comme il aprend defia ce qu'on ignore
Et comme il les inftruict ces docteurs orgueilleux.

    Vous l'auez creu perdu durant ces trois iour-
      nées
Que vos ames eftoient toutes abandonnées
Dans l'ennuy le plus grand qu'elles furent iamais.

    Mais ô Dieu ! vous l'auez cette douce mer-
      ueille
Qui rauiue fi bien tous les cœurs haraffez
Quand ils le vont cherchât d'vne amitié pareille.

XXII. ELEVATION.

Noftre aymable IESVS retourne auec fa Mere
Dans leur cher Nazareth pour y viure caché,
Il fut durant trente ans au trauail attaché
Aueques fainct Iofeph fans iamais luy defplaire.

    Ce Dieu de l'Vniuers, ce Sauueur debonnaire
Leur obeyt toufiours fans en eftre fafché,
Parce que fon amour l'a du Ciel arraché
Pour le faire obeyr iufqu'à la mort amere.

    O miracle eftonnant! celuy qui fit de rien
Ce beau monde eftendu fans efpoir d'aucun
En eft creu le plus vil & le plus mefprifable; (bien

Voire mesme pour viure il vse d'vn mestier
Et combien qu'il en soit le moteur admirable
Il y passe pour fils d'vn pauure charpentier.

XXIII. ELEVATION.

Il est temps mon Sauueur de quitter la bouti-
    que ;
Il faut rompre à present ce silence profond,
Et faire voir au monde vn Verbe pacifique
Dont les puissans discours le manifesteront.
    Sainct Iean presche desia l'entrée magnifique
Que vous ferez çà bas ainsi qu'il vous semond,
Baptizant au iourdain, le peuple Iudaïque
Afin de preparer tous ceux qui vous verront.
    O grand sainct, le voicy, qui veut qu'on le
    baptize
Vous deffendrez-vous bien ? vostre bassesse est
    prise
Si vous ne meritez de lier ses soliers ?
    Il est bien vray qu'il est l'vnique Agneau sans
    tache
Qui soubs l'humanité sa Diuinité cache
Portant dessus son dos les maux de l'Vniuers.

XXIV. ELEVATION.

Ayant esté laué du moins en aparence
A cause qu'il estoit la mesme pureté,
Il fut dans le desert pour faire penitence
Afin de nous aprendre en tout l'humilité.
    Ieusnant quarante iours d'vne grande absti-
    nence
Le demon qui iamais ne l'auoit pas tenté,

Voulut infolemment en faire experience
Pour fçauoir s'il eut peu fa faincte qualité.

Mais il fut renuoyé par les feuls tefmoignages
Que l'efcriture aprend dans fes diuines pages
Nous laiffant pour iamais l'exemple merueilleux,

De combatre Satan auec toutes fes rufes
Où nos armes feront toufiours victorieufes
Si durant le combat il eft deuant nos yeux.

XXV. ELEVATION.

Enfin voulant ietter les premiers fondemens
Pour y baftir deffus l'Eglife floriffante,
Il n'alla pas chercher la nobleffe efclatante
Ny les doctes Rabbins pour fes foubaffemens.

Ce furent des pefcheurs fans aucuns ornemens
Qu'il apella vers luy d'vne voix rauiffante,
Afin que pas vn d'eux ne dife ny fe vante
De l'auoir embelie auec fes documens.

O difciples heureux de la vraye fageffe
Bien que vous ignoriez du monde la iufteffe
Vous ferez quelque iour les iuges des fçauans;

Et pour auoir quitté des rets & des naffelles
Les fceptres ployeront leurs grandeurs tempo-
relles
Sous l'effort genereux de vos enfeignemens.

XXVI. ELEVATION.

Menant aueques luy cette troupe groffiere
Il vifite les lieux qui font tout à l'entour,
Defployant les rayons par tout de fa lumiere
Et les riches threfors de fon Diuin amour.

Auec mille douceurs fon ame debonnaire

Reſſuſſite les morts & leur donne le iour,
Il en guerit les vns voyageant d'ordinaire
Et d'autres il benit dans leur propre ſeiour.

Le monde ſe reueille au bruit de ſes miracles
Et court auec ardeur malgré tous les obſtacles
Si bien qu'il eſt ſuiuy iuſques dans les deſers,
Malades , ieunes, vieux , gays , & melancholi-
ques
Oubliant le manger comme Agneaux pacifiques
Ils ſuiuent leur Paſteur à troupeaux & milliers.

XXVII. ELEVATION.

Tous les plus hauts diſcours ne ſçauroient pas
atteindre
Au recit des bien-faits qu'à faict ce doux Sauueur,
Les ſeules gueriſons ne ſe peuuent dépeindre
Ny les conuerſions de ſa grande douceur.
Les plus vils publiquains qui ſont venus ſe
plaindre
Aux pieds de ſa bonté rencontroient le bon-heur,
Et la grand Magdeleine en le deſirant oindre
A treuué dans ſes pleurs vn diuin protecteur.
Son ſeul attouchement a rendu fortunée
L'incomparable foy de cette Cananée;
Les mal-heureux Iuifs tous pleins d'impieté
L'ont meſme rencontré ſi bon & ſi propice
Alors qu'eſtant preſſez de la neceſſité
Qu'ils ſe ſont veus gueris ſans quitter leur malice.

XXVIII. ELEVATION.

O peuple d'Iſraël qui vis dans l'ignorance
Et qui ne connois pas ton cher liberateur,
Vn iour viendra le temps qu'auec grande douleur

Tu voudras rachepter cette douce presence.
　Tu sçauras de quel prix & de qu'elle impor-
　　tance
Estoient les doux regards de ce diuin Sauueur,
Lesquels tu mesprisas d'vne extreme rigueur
Lors qu'ils auoit pour toy si grande complai-
　　sance.
　Tu fis bien le semblant de vouloir l'honorer
Mais ton affection n'a peu guieres durer
Lors qu'entrant comme Roy sur vne pauure anesse
　Tu criois hautement benit soit à iamais
Le vray fils de Dauid & que tousiours en paix
Puissions nous entonner ces beaux chants d'alle-
　　gresse.

XXIX. ELEVATION.

　Les peuples inspirez luy firent cette entrée
Pour le bien receuoir d'estendre leurs manteaux
Et ietter soubs ses pieds quantité de rameaux
Le voyant arriuer de la proche contrée
　Helàs ! Ierusalem autrefois si sacrée
Quand ton Roy Salomon immoloit les taureaux
Et le nombre infiny d'vn nombre de troupeaux
Sur tes riches autels pour te rendre honorée.
　Auiourd'huy tu reçois ton pacifique Roy
Lequel vient s'immoler luy mesme pour ta loy
Ainsi qu'vn doux agneau va dans la boucherie:
　Mais chacun ioüira du prix de son tombeau
Tandis que tu feras l'office de bourreau
Apres auoir vzé de tant de flatterie.

XXX.

XXX. ELEVATION.

O mere de mon Dieu venez voir les honneurs
Qu'on rend à voftre fils huict iour auant la fefte;
Pluftot que de mourir au milieu des douleurs
Son Pere le fait voir digne de fa conquefte.
　　Mais non ne venez pas vous fondriez toute en
　　　　pleurs
Voyant de quels mefpris par apres on le traite
Auiourd'huy vous verriez foubs fes pieds mille
　　fleurs
Et quelque iours apres les efpines en tefte.
　　(O nature inconftante ! ô folle volonté
D'aymer & puis haïr cette infigne bonté)
Obtenez s'il vous plaift que pour iamais i'ébraffe
　　Voftre aymable IESVS mon vnique threfor
De mefme fur la Croix comm'embelly de grace
Sur le mont de Caluaire ainfi que fur Tabor.

XXXI. ELEVATION.

Apres auoir reçeu cét aplaudiffement
Il enfeignoit tous ceux qui le vouloit entendre
Sans que perfonne peut tant foit peu fe deffendre
De la grande douceur de fon raifonnement.
　　Les feuls Pharifiens frapez d'aueuglement
D'vn mal-heureux deffein cherchoient à le fur-
　　　　prendre
Et comme dans leur vice ils fe voyoiet reprendre
Ils tramoient enragez fa mort couuertement.
　　Ce qu'ayant reconneu, Iudas perfide & traiftre
Promit pour de l'argent de leur liurer fon maiftre
Dont ils furent rauis voyant l'occafion :
　　Et tandis qu'ils cherchoient des faux tefmoins
　　　　à gage
Pour fouler le venin de leur maudite rage
Ils liurent les deniers de la vendition.

T

XXXII. ELEVATION.

Mais celuy qui voyoit le fonds de leur penſée
Bien qu'il peut éuiter leurs impiteux deſſeins,
Se reſolut portant de mourir par leurs mains
Et payer par ſon ſang leur offenſe inſenſée.

Il eſt vray que ſon ame eſtoit toute bleſſée
De l'amour qu'il portoit a ſes freres Germains,
Si bien qu'il eut voulu viure auec les humains
Et mourir pour tous eux d'vne mort delaiſſée.

Enfin l'amour conclud dans ſon immenſité
Qu'il faloit faire vn coup de ſon authorité
Et faire l'vn & l'autre en celebrant la Cene:

   Demeurant auec nous dans ce grand Sacre-
   ment
Et mourir par apres ignominieuſement
Pour guerir tous les maux de la nature humaine.

XXXIII. ELEVATION.

O belle inuention, he ! qui la peu treuuer
De voir changer en pain cette grandeur immenſe,
Voir celuy qu'on ne peut iamais aſſez loüer
Si bas ancanty par ſa toute puiſſance!

   Sans doubte cét l'amour qui le vient d'enle-
   uer
De ce ſein paternel de la diuine eſſence,
Par ſa ſubtilité , pour luy faire acheuer
L'œuure tant proiecté pour noſtre recompenſe.

   O miracle ſans pair que l'homme n'entend
   pas !
Qui portant le pourroit exempter du du treſpas
S'il ſçauoit profiter d'vne telle conqueſte;

Car s'il changeoit de cœur auec ce Dieu soubmis
Par cette inuention immortelle & parfaicte
Il pourroit se vanter d'estre vn vray Dieu trans-
   mis.

XXXIV. ELEVATION.

Ayant paracheué ce repas memorable
Il s'en va sur le mont qu'on void prés de Sion,
C'est le lieu qu'il prenoit pour y faire oraison
Tout à fait prosterné sur sa face adorable.
   O mon ame fremis de l'estat deplorable
Où ton cher Redempteur forme sa passion,
Son sang coule par tout à ton oceasion
Preuoyant le mespris que tu fais de sa table.
   Fais que tes yeux mourans versent autant de
     pleurs
Qu'il a versé de sang pour guerir tes langueurs
Dans le commencement de ses grandes souffran-
   ces:
   Ne t'aproche iamais de son Diuin Autel
Qu'aueques le dessein de t'y rendre immortel
Et d'expier les maux de tes grandes offences.

XXXV. ELEVATION.

Cependant c'est le temps que Iudas a proms
De deliurer son Dieu ez mains de ses barbares,
Il aproche le traistre & d'vn baiser soubmis
Il donne son thresor à ses lasches auares.
   Mais n'est ce pas toy-mesme ô mon ame bles-
   mis
D'auoir abandonné tant de graces si rares ?
                  T 2

Et t'estre deliuré a ses vrays ennemis
Le bannissant du cœur que pour eux tu prepares ?

   Reuiens pourtant mon ame & ne t'en aille pas
Chercher comme le traistre vn infame trespas ;
Si ton peché paroist plus grand que n'est l'abys-
   me
   Sçache que ses bontez n'ont peu se mesurer
Que si Iudas a fait le plus enorme crime
N'est pas de le trahir mais se desesperer.

XXXVI. ELEVATION.

   Ils les lient d'abord auec plusieurs cordages
Celuy qui les vouloit lier de son amour,
Cette tourbe insolente ennemie du iour
Prend l'heure de la nuict pour desployer ses ra-
   ges.

   Qui le croiroit helas ! que tant de tesmoigna-
   ges
Qu'il a rendu chez eux & mesmes tout au tour,
Ne sont pas suffisans dans leur propre seiours
De vaincre la fierté de leurs mauuais courages.

   O Prestres des Iuifs songez que faictes vous ?
Celuy que vous deuriez adorer à genoux
Vous l'enuoyez au juge afin de vous confon-
   dre :

   La raison & la loy protegent l'innocent
S'il estoit criminel la Loy vous le deffend
Et s'il ne l'estoit pas que pourrez vous respondre ?

XXXVII. ELEVATION.

   Ils passent cependant le reste de la nuict
Tousiours en mesprisant la Diuine sagesse ;

Et crachent dans ces yeux qui donnent l'alle-
    greſſe
Aux bien-heureux eſprits pour qui leur feu reluit.
    O phreneſie eſtrange ? à quoy ſont ils reduit
De luy voiler la face ; & par grande hardieſſe,
Le frapent en diſant maintenant qui te bleſſe
Prophetiſe le nous ſi tu es bien inſtruit ?
    Au moins ſi vous pouuiez couurir ſi bien ſa
    veuë
Que voſtre impieté ne luy fut pas connuë
Vous ſeriez au ſommet de la ſubtilité,
    Mais ô mal-heur ! pour vour il eſt l'amour luy-
    meſme
Qui lance ſes regards dedans l'eternité
Au trauers le bandeau que porte la nuict bleſme.

XXXVIII. ELEVATION.

   Le matin arriué vont ils pas à Pilate
Afin qu'il le condamne à la mort promptement,
Sans autre preiugé que leur aueuglement
Qui ne pouuoit ſouffrir la lueur qu'il eſclate ?
    Ce juge corrompu ſouffre que l'on le flate
S'il deliure IESVS qu'il bleſſe honteuſement,
Le reſpect de Ceſar ; lequel abſolument
Doit regner ſans que nul le ſceptre luy debate.
    Et croyant amoindrir la haine qu'il voyoit
Que ce peuple mutin ſans raiſon luy portoit
Il commande aux ſoldats d'vne main ſacrilege:
    De deſchirer ſon corps de verges & de foüets
Leſquels à meſme temps lançent comme des
    traits
Pres de ſix mille coups ſur cette chair de nege.

XXXIX. ELEVATION.

Puis qu'il vous plait mon Dieu de souffrir cét
    affront
Qu'on vous despoüille à nu ; dans cette ignomi-
    nie,
Agreés que mon ame inconstante & ternie
Soit la ferme colomne où ils vous lieront.
    Combien ces fiers bourreaux ô Ciel ! m'obli-
    geront !
D'autant que ce beau sang de valeur infinie,
Ialissant contre moy qui suis toute fanie
Me rougira par tout de la force qu'ils ont.
    Outre qu'estant ainsi tous deux liez ensemble
Nous nous ressemblerons quelque peu si me sem-
    ble
Car mon ame sera teinte de vostre sang:
    O bon-heur sans pareil ! ô douceur ineffable
Qu'on me lie à l'amour ! que ie tienne son rang !
D'en parler seulement ie n'en suis pas capable.

XL. ELEVATION.

O Mere de mon Dieu ? la plus triste des mere
Ie n'ose vous parler de mon Diuin Sauueur,
L'estat auquel il est vous perceroit le cœur
Et vous feroit treuuer toutes choses amere.
    Ces perfides Iuifs, ces ingrates viperes
Apres auoir receu de luy tout le bon-heur
Qu'ils pouuoient esperer d'vn pere Protecteur
L'ont flagellé si fort qu'il n'a que les arteres.
    Mais pourquoy veux ie aussi vous taire ses tour-
    mens

O Reyne des douleurs ! ô Reyne des amans ?
Voſtre cœur & le ſien n'eſtant que meſme choſe
   Il ne peut endurer ſans vous faire ſouffrir
Et vous ne viurez plus quand il voudra mourir
Puis que l'amour des deux également diſpoſe.

XLI. ELEVATION.

O mon Diuin Sauueur qui vous a couronné ?
D'où vient la liberté d'vne main ſi cruelle ?
N'eſt ce pas voſtre amour lequel s'eſt d'éthrôné
Pour vous percer le chef iuſques à la ceruelle ?
   O quel chapeau de fleurs làs! vous a t'on donné
O beauté tant antique ô beauté tant nouuelle !
Dans quel extremité , vous a-t'il bien mené
Pour payer les forfaits de mon ame infidelle ?
   Si ie pouuois changer au moins aueques vous
Mon deſplaiſir ſeroit vn deſplaiſir bien doux
De noyer mes pechez dans ces faueurs Diuines
   Soyez ô belles fleurs touſiours pour mon Sau-
     ueur
Puis qu'il vous a creé dans voſtre douce odeur
Mais que i'aye icy bas ſes aymables eſpines.

XLII. ELEVATION.

Enfin il faut mourir ô ma douce eſperance
Pilate a conſenty qu'on vous mette à la Croix,
La voilà qu'on la porte elle eſt d'vn peſant bois
Et ſi vous la deuez charger en diligence.
   Mon ame veux-tu point donner quelque alle-
     gence
A ton foible IESVS qui gemit ſoubs ce poids ?
Si tu l'aymes pourtant c'eſt le plus digne choix

Que tu peux acquerir pour faire penitence.
 Tu ne sçaurois conter le nombre des grands
    Roys
Qui l'ont porté depuis cette adorable Croix;
Tous ceux qui l'ont aymé ce Sauueur debonnaire
 Ont fait presse à sa suite auec mille plaisirs
Et comme il les conseille ont logé leurs desirs
Soubs ce rare fardeau seulement pour luy plaire.

XLIII. ELEVATION.

 Vous venez d'arriuer sur le mont de Caluaire
O mon Diuin Isac quoy que tout haletant?
Languissiez vous de voir ce lieu tant important
Pour vous sacrifier aux yeux de vostre Pere?
 Les soldats acharnez despoüillent en cholere
Mon Sauueur derechef dont il reste content,
Encore qu'on l'escorche en la luy deuestant
Cette robe collée à son Corps debonnaire.
 C'est pour l'amour de nous qu'il souffre ces
    trauaux
Et pour nous rachepter de l'abysme de maux
Qu'il permet qu'on l'attache & qu'à force on luy
    cloüe:
 Au moins si ie pouuois mourir aueques vous
Que ie serois heureux! ô mon sanglant espoux!
Tout ce qu'on void çà bas me paroistroit de
    boüe.

XLIV. ELEVATION.

 Venez voir maintenant ô peuples de la terre
Vn Dieu sur vne Croix sans ayde ny secours,
Venez y voir celuy qui dispose du cours

                                    Des

Des Aſtres & des Cieux & meſme du tonnerre.

Tout ce que vous voyez que l'Vniuers enſerre
Ces ouurages naiſſans & mourans tous les iours,
Que l'on ne peut comprendre aueques le diſcours
C'eſt luy qui les a faits ſeulement pour vous
 plaire.

Et cependant voyez à qu'elle extremité
Eſt reduite auiourd'huy cette Diuinite
Que ſon peuple chery pour lequel ſa puiſſance;

A preſque quelque fois failly de ſe tarir
Eſt le meſme à ce iour qui le force à mourir
N'eſtant de rien atteint que de ſon innocence!

XLV, ELEVATION.

Mais qu'eſt ce que ie dis? quel eſt ce que i'acuſe?
Si les Iuifs l'ont fait nul d'eux ne ſçauoient pas
Que mon Diuin Sauueur fut le Dieu des apas
Qui mouroit ſur la Croix d'vne mort genereuſe.

Mon ame c'eſt toy-meſme & ſi n'as point d'ex-
 cuſe
C'eſt toy qui l'as cloüé car tu n'ignores pas,
Que tes pechez l'ont mis dans cét honteux treſ-
 pas
Lors meſme qu'il taſchoit de te rendre fameuſe.

C'eſt toy qui ſçauois bien ſon immenſe bonté
Qui l'as mis à la mort par ton impieté
C'eſt toy qui regorgeant de toutes ſes richeſſes;

L'as mis entre les mains de ſes fiers ennemis?
Enfin n'eſt ce pas toy qui ſouuent as promis
De ne fauſſer iamais ſes Diuines promeſſes?

V

XLVI. ELEVATION.

O mon Dieu ! mon cher tout ie reconnois
    fort bien
Que ie fuis celuy là qui feul vous facrifie,
C'eft moy dont les pechez me rédant moins que
    rien
Sur le mont de Caluaire à tort vous crucifie.
    Mais puis que vous voulez que le pauure Chre-
    ftien
Dans voftre propre fang enfin fe viuifie,
Effacez mes forfaits ô mon Doux entretien
Afin que dedans vous, là, ie me fanctifie.
    Pardonnez-moy bon Dieu tant d'infames ex-
    cez
Et ne fongez iamais à mes crimes paffez
Afin que tous les iours à l'aduenir i'expie;
    Les motifs qui vous ont ainfi crucifié
Afin que fi iadis i'ay vefcu comme impie
Ie viue deformais comme vn fanctifié,

XLVII. ELEVATION.

O mon Diuin Amour içy ie defauoüe
Tout ce qui vit en moy qui ne vit pas pour vous,
Et bien que dans mes fens la vanité fe ioüe
Ie veux que pour vous feul ils fe repandent tous.
    Ie fçay bien que ie fuis plein d'ordure & de
    boüe
Que mefme mes penfers femblét à ceux des foux,
Ce nonobftant ie veux que mon ame vous loüe
Et n'adore que vous profterné à genoux.

He ! pour qui mes defirs ! fi ce n'eft pour vous
   mefme ?

O mon vnique efpoir puis que c'eft vous que i'ayme ?

Et que ie hay d'horreur qui ne vous ayme pas ?

   Ouy Iesvs mon Sauueur l'Enfer font mes delices

Et ce beau Paradis l'Enfer de mes fuplices

Si voftre volonté change fes doux apas.

XLVIII. ELEVATION.

   O Croix aymable Croix que i'embraffe à mon
   aife

Faites que mon Iesvs ie fuiue pas à pas,

Faites qu'aueques luy ie prenne mes esbats

Et qu'à iamais mon cœur viue dedans fa braife.

   O Croix encor vn coup faut-il que ie me taife

Quand i'entends les foufpirs qu'il rend à fon trefpas,

Son amour voudra-t'il brufler entre mes bras

Et me laiffer de glace au pied de fa fournaife.

   Non ne le fouffrez point , mais faites qu'en
   l'aymant,

Dans fes mourans regards ie m'aille confommãt,

Et qu'en vous eftreignant à fes pieds ie m'attache:

   Si par vous Conftantin vainquit tout autrefois

Quel obftacle auiourd'uy , (au moins que ie le
   fçache)

Me rendra moins heureux tenant la mefme
   Croix ?

XLIX. ELEVATION.

O mon Diuin Sauueur l'ennemy me pourfuit
Ie ne fçay deformais où faire ma retraite,
Que dans vos playes donc tant le iour que la
nuict
Auec humilité fouffrez que ie me mette.
    O de qu'elles douceurs i'oüiray ie fans bruit
Mon cœur poffedera là tout ce qu'il fouhaite
Il y viura d'amour puis que l'amour y vit,
Et mourra de plaifir dedans cette conquefte.
    Quels feront mes defirs ? quels feront mes pen-
fers ?
Dans la fuauité de ces petits deferts ?
Ie ne fongeray plus finon à l'amour mefme;
    Puis que l'amour tout feul a fabriqué fes toux
O mon IESVS, diray ie, he! que vous eftes doux
D'auoir fait ce feiour pour le cœur qui vous ay-
me.

L. ELEVATION.

Ie voy de tous coftez des objets de douleur
Icy ie voy mourir le Createur du monde,
Là ie vous voy gemir d'vne langueur profonde
O Mere de mon Dieu, dans l'extreme mal-heur.
    Qui vous confolera fi dedans voftre cœur
Vne mer de tourmens inceffamment abonde,
L'enfer mefme en fremit & tout tremblant il
gronde
Ne fçachant où finit cette grande rigueur.
    Ie n'entreprendray pas vous voyant fi changée
De foulager l'ennuy d'vne Mere affligée

Voyant d'ailleurs combien vous en auez raifon;
l'aigriray bien plus toft voftre douleur amere
De peur d'eftre fufpect de quelque trahifon
S'il dépendoit de moy de faire le contraire.

ELEVATION.

O mon cher Redempteur que ie voy fur la
    Croix !
Quand viendra ce beau iour que pour vous feul
    ie viue !
Quand feray-ie attaché deffus le mefme bois
Aueques tous mes fens & mon ame captiue !
    Ie fçay bien que i'en fuis indigne millefois
Mais pour cela mon Dieu faut-il que ie m'en
    priue ?
Non , non i'y veux mourit car i'entend voftre
    voix
Qui me dit d'aprocher comment qu'il en arriue.
    De combien de bon-heur fera comblé ce iour
Qui me verra mourant aueques mon amour !
Iamais felicité ne fe treuua pareille !
    Mefme le Paradis auec tous fes threfors
Ne fçauroit iamais voir vne telle merueille
Que de me voir en Croix de l'efprit & du corps.

ELEVATION.

O Croix qu'auez vous fait de mon Diuin Sau-
    ueur
Ie ne voy que fon fang dõt vous vous eftes teinte?
Où mettray ie à prefent ce miferable cœur
Que ie luy preparois dans l'amour & la crainte.
    O bois trois fois facré n'auray-ie plus cét heur

Dé ioüir de ses yeux dittes le moy sans feinte ?
S'il faut mourir, mourons pour auoir ce bon-heur
Mon ame le veut bien sans aucune contrainte.

O dessein genereux ! si dans les mesmes troux
Ie puis estre attaché percé des mesme cloux !
Mais que dira mon Dieu si i'occupe sa place:

Lors que pour s'y remettre il sera de retour ?
Sans doubte il benira ma genereuse audace
Parce qu'il verra bien que i'y suis mort d'amour.

VOYE VNITIVE.

I. ELEVATION.

QV'il me baise sans fin d'vn baiser de sa bou-
che
Cét amant bien-aymé pour qui ie meurs d'amour
Afin que sur sa Croix pour iamais ie me couche
Comme estant de mon cœur le plus noble se-
iour.

Qu'il s'aproche de moy que ma langue le tou-
che
Et qu'à mes yeux mourans il donne le bon iour,
Autrement ie me meurs mesme dessus sa couche
Si luy mesme n'y vient y faire quelque tour.

Rien qu'à son vnion icy bas ie n'aspire
Rien que sa volonté mon ame ne desire
Puis que c'est le sommet de la perfection;

Ie ny sçaurois monter si l'amour ne m'y tresne
Tirez-moy donc mon Dieu auques vostre chesne
Car ie ne puis sans vous pretendre à l'vnion.

II. ELEVATION.

Noſtre doux Redempteur auant que triompher
Et faire voir à tous cette grande merueille,
Voulut aller luy-meſme au faux-bourgs de l'En-
fer
Deliurer ces captifs d'vne ardeur nompareille.

Combien ſentirét-ils leur poiĉtrine eſchaufer?
Oyant dans leur ſommeil la voix qui les eſueille,
Qui leur dit (mes amis) ce n'eſt plus à la veille
Venez tous remplacer l'honneur de Lucifer.

Quels remerciemens ! qu'elle reconnoiſſance !
Ne rendirent ils point à ſa toute puiſſance ?
Qui les alla chercher pour leur monſtrer ſon corps

Afin que regardant ce piteux ſpeĉtacle
Ils peuſſent admirer la grandeur du miracle
Qui les reſſuſſitoit auec tant de threſors.

III. ELEVATION.

O que vous eſtes beau mon aymable Sauueur!
Le Soleil eſpendant ſa brillante lumiere,
Lors qu'il eſt au plus haut de ſa riche carriere
Eſt ainſi qu'vne nuiĉt prés de voſtre lueur.

Les ſoldats endormis ſont ſaiſis de frayeur
Encor qu'ils ayent les yeux tous remplis de pouſ-
ſiere,
Lors que voſtre clarté mieux que la pouſſiniere
Frape la dureté de leur barbare cœur.

Que ſi l'on pouuoit voir la vertu toute nuë
Et ioüir comme elle eſt des charmes de ſa veuë
Pourroit tirer à ſoy (dit-on) les plus malins;

Que ne fera-t'il pas eſtant la vertu meſme

S'il est enuisagé auec des yeux benins
Dans la simplicité de quelqu'ame qui l'ayme ?

IV. ELEVATION.

Mon ame esjouys toy d'vne grande allegresse
Puis que le Dieu d'amour se releue auiourd'huy
De l'abysme profond de sa grande tristesse
Pour te combler d'honneur & chasser ton ennuy.
    Comme l'amour l'auoit soubmis dessous la
        presse
Afin que tous les maux le tinssent à l'enuy,
Luy seul le fait vainqueur par sa seule prouesse
De tous les ennemis qui buttoient contre luy.
    Voicy le doux moment du comble de la
        ioye
Puis que l'amour en fait son butin & sa proye
Ramenant tout le Limbe en chantant ses gran-
        deurs:
    Et si c'est dans ce iour qu'vn grand Dieu ressus-
    site
Afin qu'en liberté tout le monde l'imite
Chantons viue IESVS à ce grand Roy des cœurs.

V. ELEVATION.

Estant ressussité la premiere visite
Qu'il rendit ce matin, sortant du monument,
Fut à sa Saincte Mere encor toute confite
Dedans le souuenir du crucifiement.
    Essuyez tous ces pleurs ma chere Sulamite
(Dit-il) en arriuant dans son apartement,
Il faut qu'aueques moy vostre ame ressussite
Du plus profond ennuy iusqu'au rauissement.

Voyez

Voyez dans ce beau corps vos marques natu-
relles
Vnies pour iamais aux grandeurs immortelles;
Les tourmens & la mort que ie viens de souffrir
    M'ont seruy de degrez pour monter à la gloire
Et combien que sans eux i'eusse peu l'acquerir
Ce sont les instrumens pourtant de ma victoire.

VI. ELEVATION.

    Mon ame coule toy inperceptiblement
Dedans le cabinet de ce diuin colloque,
Tu pourras voir l'amour dans son haut Element
Si ton impureté desormais ne le chocque.
    Quels regards! quels baisers! quel doux em-
presse ment!
Et par quels grands transports l'vn l'autre se pro-
uoque:
Ces deux cœurs espandant vn mesme embrase-
ment
N'ont rien dans leurs desirs qu'vn amour recipro-
que.
    O mon Fils! ô ma Mere! ô charmante vnion!
Qui la publiera dans sa perfection
Si le fils & la mere en parlent comme à peine ?
    Et faut croire en effect sans vn nouueau secours
Que la Vierge fut morte à cette vie humaine
Dans l'extase pressant de ces viues amours.

VII. ELEVATION.

    Mais mon ame regarde vn peu la contenance
Des Saincts Peres du Lymbe auec les autres
Saincts,

X

Qui ſuiuent ton Sauueur auec reſiouyſſance
Dans les lieux qu'il aborde ainſi que gros eſſains.
   Ils ſe paſment d'amour dans cette complai-
ſance
Voyant comme ſon cœur preſſe les belles mains,
De ſon Diuin enfant & qu'auec vehemence
Elle va rebaiſant, ce rachat des humains.
   Imite les au moins en ce que tu pourras
Peut-eſtre qu'aupres d'eux tu te degeleras
Dedans ce cabinet où tout le monde bruſle;
   Ne crains point de prier cette ſource d'amour
Puis qu'elle t'a permis d'entrer dans ſon ſeiour
Que de leur ſaincte ſuite elle ne te recule.

VIII. ELEVATION.

   O Dieu ! combien l'amour ſubtilement in-
uente
Des moyens excellens pour rauir ſon amant !
Et bien que nuict & iour ſon deſſein la tourmente
Il n'a d'autre douceur qu'en ce meſme tourment.
   Il tient vne methode en effect rauiſſante
Pour enleuer ce cœur, qu'il prend ſuauement,
D'autant qu'il ſe transforme en tout ce qu'il pre-
ſente
A ces yeux bien-aymés delicieuſement.
   L'on ne ſçauroit iamais éuiter ſes pourſuites
Puis qu'il vient au deuant des refus & des fuites,
Et faut que tout luy cede encor malgré qu'on ait
   Mais ô Diuin amour ſi ce cœur vous deſire
Des plus preſſans deſirs du cœur le plus parfait,
Quels ſerons vos tranſpors ? mais que pourrez
    vous dire ?

IX. ELEVATION.

O que i'ayme l'amour dans ſa ſubtilité
Combien que ſes deſſeins ſoient en tout adora-
    bles
Ie n'aprehende point nulle temerité
Quand ie ſuis pas-à-pas ſes grandeurs inſcruta-
    bles.
    Ie ſçay bien que ie n'ay dans moy que vilité,
Et que tous mes penſers ſont du tout meſpriſa-
    bles,
Que meſme l'ignorance en ſon obſcurité
A remply mon eſprit de tenebres palpables.
    Mais cela ne ſçauroit me deſtourner iamais
Ayant l'amour pour guide en tout ce que ie fais
Toutes choſes en luy me ſeront bien plus claires
    Que le Soleil ne l'eſt aux yeux les plus perçans,
Parce que ie ne cherche en amour des lumieres
Que pour touſiours mieux plaire à ſes yeux ra-
    uiſſans.

X. ELEVATION.

    Reyne de la beauté que mon ame reuere
Auec tous les plaiſirs de l'admiration,
Voſtre hyuer eſt paſſé de deſolation
Et vous voila deſia dedans la prime-vere.
    O qu'il vous fait beau voir maintenant Vierge
    Mere
Collée intimement d'vne chere vnion,
Au Souuerain des biens dont la perfection
Ne ſe ſçauroit con prendre en ce lieu de miſere.
    Depuis que voſtre Fils a quitté le tombeau

Pour vous monstrer l'esclat de son riche manteau
Vous estes de l'amour si dignement parée
   Que vous nous paroissez remplie de douceur
Toutes & quantes fois qu'auec vn peu de cœur
Nous tâchons d'agréer à vostre ame sacrée.

XI. ELEVATION.

   Ó Diuine vnion où mon amour me tire
Pour rendre mes desseins parfaits & glorieux!
Ó Saincté pureté pour qui mon cœur souspire
Quand diray-ie auec vous ie veux & ie ne veux ?
   C'est à ce but heureux auquel tousiours i'aspire
De n'auoir à iamais de volonté pour deux
Mais pour l'vn seulement aueques tant d'empire
Que le vouloir d'amour soit mon sort bien-heu-
    reux.
   Disons donc vne à vn tout autant que la vie
Regnera dans ce corps sans haine & sans enuie
Puis que tout le bon-heur & la felicité
 Depend auec raison de vouloir libre plaire
Au vouloir de l'amour où gist tout le mystere
Pour s'vnir à iamais à l'vnique vnité.

XII. ELEVATION.

   O IESVS mon amour ie ne sçay plus vous
    craindre
Encore que ie sois le plus grand des pecheurs,
Mon ame ne sçauroit deformais se contraindre
Sçachant que vos desirs logent tous dans nos
    cœurs.
   C'est vostre volonté qu'il ne faut pas enfrein-
    dre

Que familierement nous vous donniõs nos pleurs
Et l'amour innocent qui ne fçauroit rien feindre
Ne peut pas s'agrandir s'il eſt forcé d'ailleurs.
   O ie fçay des long-temps que vous mourez
     d'enuie
De nous changer en vous IESVS ma douce vie
He! prenez hardiment ce miſerable cœur:
   Et tout à meſme temps accordez moy le vo-
    ſtre
Alors ie pourray dire aueques voſtre Apoſtre
Que veritablement l'amour chaſſe la peur,

XIII. ELEVATION.

O mon Diuin amour quand feray-je conforme
A voſtre volonté pour m'vnir à vos pas,
Quand pourray-ie mourir de cét heureux treſpas
Qui rend ſi ſatisfaits tous les cœurs qu'il transfor-
me.
   Seulement en fongeant à ſes diuins apas
Helas ie me connois incapable & difforme
Pour conquerir ce bien que ie ne connois pas
Et que l'on n'aprend point par matiere ny forme.
   C'eſt vous qui la donnez cette conformité
Autrement ce feroit grande temerité
De penfer l'acquerir par ſa propre induſtrie;
   Amour donnez la moy mais pour l'amour de
    vous
Car ſi vous m'en iugez plus indigne que tous
I'ayme plus vos refus quoy que ma langue crie.

XIV. ELEVATION.

La grande Magdeleine enyurée d'amour
Ne ſe fouuenant plus des paroles Sacrées,

Languit toute la nuict pour voir poindre le iour
Auec des paſſions preſque demeſurées.

Il luy tarde de voir le deſolé ſeiour
Où giſt le doux Sauueur des ames effarées,
Auec des chers onguens l'y voila de retour
Sans meſme en aduertir les dames eſplorées.

Mais ne l'y treuuant plus elle le croid perdu
Celuy que ſon amour veut qu'il luy ſoit rendu
A moins que d'inonder le monde de ſes larmes
Elle interroge tout pour ſçauoir où il eſt
Afin de l'enleuer ce ſanglant agnelet
Quand meſmes il ſeroit entouré de gendarmes.

XV. ELEVATION.

Que l'amour eſt hardy meſme dans la foi-
 bleſſe !
Il ſe croid le plus fort lors qu'il eſt impuiſſant,
Oyant tous les diſcours de cette pechereſſe
Diroit-on pas qu'elle eſt vn lyon rugiſſant ?

Le Sauueur admirant le grand feu qui la preſſe
Luy paroiſt ſoubs l'habit d'vn jardinier paſſant
Auquel elle demande aueques grande hardieſſe
L'auez vous point caché celuy qui m'eſt abſent ?

Ne l'auez vous point mis ſoubs vos lys & vos
 roſes
Celuy qui donne l'eſtre à tant de belles choſes
Dites Seigneur afin que i'aille le cueillir ?

Alors ſe découurant il l'apella Marie,
Mais ne me touche pas arreſte ie te prie :
Car ſon cœur bondiſſant s'en alloit l'aſſallir.

XVI. ELEVATION.

Combien ce Redempteur se plait d'estre cher-
    ché
Auec les mouuemens de quelque impatience,
Magdeleine eut l'honneur d'adorer sa presence
La premiere de tous quoy qu'elle eusse peché.
    Ne t'estonne donc pas s'il demeure caché,
O mon ame à tes yeux veu ta grand negligence
L'amour qui vit tousiours aucques diligence
Quand tu luy veux parler est tousiours empeché.
    Grande saincte auiourd'huy qui viuez dans la
     flame
Donnez-moy de ce feu qui consommoit vostre
     ame
Lors qu'estant icy bas vous brusliez tous les cœurs
    Nos rochers sont tesmoins de vostre penitence
Que si tous les François joüissent de vos pleurs
N'espereray ie point de vous cette clemence ?

XVII. ELEVATION.

Apres qu'elle l'eut veu viuant ressussité
Elle court pour le dire aux amis de son maistre,
Ses compagnes aussi vont voir la verité
Plustot qu'aucun disciple y fut venu paroistre.
    Sainct Pierre l'aprenant d'vn pas precipité
Y court auec Sainct Iean, pour le bien reconnoi-
    stre,
Ce qu'apres meditant auec fidelité
Il eut seul le bon-heur de le voir aparoistre.
    Quelle ioye receut ce pauure seruiteur
Voyant deuant ses yeux son aymable Seigneur

Luifant comme vn Soleil tout entouré de gloire?

O qu'il fait bon icy pouuôit il dire alors!

Erigeons mon doux maiftre vn Temple de memoire

A l'honneur des grandeurs qui parent voftre
corps.

XVIII. ELEVATION.

Cét Apoftre rauy de ioye & d'allegreffe

De voir fon maiftre ainfi brillant de toutes parts,

Sans doubte en redoublant fes amoureux regards

Il luy renouuelloit fon ardente promeffe.

Vous eftes Fils de Dieu vrayement ie le con-
feffe

Difoit il l'armoyant ainfi ie vous reparts,

D'ailleurs ie fuis pecheur mefme des plus efchars

Retirez vous de moy ô Diuine fageffe.

Mais tant plus le Sauueur le voyoit profterné

Tant plus l'affeuroit-il qu'il l'auoit pardonné,

Qu'il allat feulement confirmer tous fes freres

Et n'eut crainte de rien puis qu'il auoit fa paix

Ce qui le renforça dans tous les fainéts myfteres

Aueques tant d'amour qu'il n'en doubta iamais.

XIX. ELEVATION.

He! mon ame helas! quand veux tu mourir
d'amour

Pour ce Diuin amant qui meurt pour toy fans
crainte,

Il ne fouhaite rien que de te voir atteinte

De cét amour mourant qu'il reffent nuiét & iour

Quel commerce fait on dans ce mortel feiour?

Où

Où l'amour se trauaille afin que sans contrainte
Et l'ame & luy s'aymans secretement sans feinte
L'vn l'autre auec plaisir se rendent le retour ?
   A present ie voy bien ô Majesté Royale
Que ce qu'on dit est vray que l'amour tout égale
Puis qu'vn ame si basse est vos plus doux esbats:
   Qu'elle chere douceur aux mondains incon-
     nuë
Qu'on commence à gouster mesme des icy bas
Les plaisirs de l'amour de l'immortelle veuë ?

XX. ELEVATION.

   Vierge pleine d'apas vous estes maintenant
Le visible soustien de la petite Eglise,
Mon IESVS vous a fait son digne Lieutenant
Dans sa timidité comme dans sa franchise.
   Combien dans la pudeur se verra-t'il sçauant
Qui vous reclamera d'vne ame bien soubmise
Puis que vous vous plaisez sans nul deguisement
D'aprendre les moyens qui nous y subtilise ?
   Me voicy tout remply de dix mille desirs
Pour sçauoir de mon Dieu les vniques plaisirs :
Faictes qu'a l'aduenir ô beau miroir sans tâche;
   Ie coure incessamment apres sa volonté
Et qu'en vous admirant iamais l'impureté
Ne m'offusque l'esprit des vapeurs qu'elle cache.

XXI. ELEVATION.

   Mon fils que i'ayme tant me dit l'amour su-
     presme
I'ay des desirs pressants lesquels tu ne sçais pas,
C'est d'estre sur ton cœur comme aussi sur ton bra

Y

Graué comme vn cachet où mon nom luise mefme.

    Le feu qui me confomme & qui me rend fi
blefme

En fera foulagé par ces mignards apas,

Ie treuueray plus doux mefme mon doux trefpas

Parce que ie fçauray comment eft ce qu'il m'ayme.

    Et bien mon doux IESVS , mon vnique foucy

Ainfi que vous voudrez ie le veux bien auffi

Que voftre nom y foit bien graué tout à l'heure:

    Mais fi l'on l'y peignoit bien delicatement?

Nenny (me refpont-il) d'autant que la peinture

Ainfi comme l'on veut s'efface en vn moment.

XXII. ELEVATION.

    Qui n'admirera pas l'amour de ce Seigneur

Qui s'empreffe fi fort pour les moindres vifites,

L'on diroit à le voir qu'il remeurt de langueur

Pour inftruire les fiens des veritez efcrites.

    Deux difciples caufans de la grande rumeur

Qu'on oyoit par la ville auec tant de redites,

Il parut derriere eux ainfi qu'vn voyageur

Qui va cherchant bien loin fes aymables limites

    Et feignant en marchant d'ignorer leurs dif-
cours

De leur mefme entretien il deuide le cours

Efclairciffant fi bien leur efpeffe ignorance

    Que leur cœur s'embrafa dans le Diuin amour!

Ce qui les obligea voyant finir le iour

De l'arrefter à force en ce lieu de plaifance.

XXIII. ELEVATION.

Ils ne connoiſſoient pas ce voyageur fidelle
Qui pour noſtre ſubjet eſtoit venu des Cieux,
Et qui pour nous ſauuer de la mort eternelle
Auoit voulu repandre vn ſang ſi precieux.

Non ils ne voyoient pas cette eſſence immor-
telle
Couuerte des haillons de nos pauures ayeuls,
Auſſi bien qui l'eut creu qu'vne vie ſi belle
Eut finy par les mains de tous ſes enuieux ?

Mais il leur deſcouurit que tout eſtoit faiſable
En leur donnant le pain qu'il rompit a la table
Combien qu'il diſparut dans leur refection:

Ce qui les reſioüit auec tant d'auantage
Qu'ils furent dans Sion tous remply de courage
Publier de IESVS la reſurrection.

XXIV. ELEVATION.

Vous ne vous laſſez point mon Dieu de nous
bien faire
Ny de nous departir vos Diuines faueurs,
Dedans le meſme iour de ce ſacré Myſtere
Vous paroiſſez par tout pour reſiouyr nos cœurs.

Les Apoſtre cachez dans leur grand Sanctuaire
Eſtoient tous tremblorans & ſaiſis des frayeurs,
A cauſe qu'ils craignoient le peuple temeraire
Capable d'enfoncer leur porte auec clameurs.

Mais leur aparoiſſant d'vne face riante
Vous miſtes en repos cette Egliſe tremblante
En leur donnant la paix tres familierement;

Et parce qu'ils eſtoient bien auant dans la
crainte
Ils creurent a l'abord que c'eſtoit vne feinte
Si vous n'euſſiez chaſſé leur refroidiſſement.

XXV. ELEVATION.

Touchez & maniez leur dit ce doux Sauueur
Les fantofmes n'ont pas vne chair veritable,
Voyez ces pieds percez, regardez dans ce cœur
Vous treuuerez par tout comme ie fuis palpable.

Et pour vous tefmoigner que ie fuis le Sei-
gueur
Auez vous quelque chofe à mettre fur la table ?
Alors tous tranfportez d'vne ioye ineffable
Ils portent du poiffon auec quelque douceur.

Ce qu'il voulut manger auec non plus de peine
Que le iour qu'il eftoit auec eux à la Cene
Pour les accouftun er à goufter fes propos

Qu'il commença des lors tout ainfi qu'vn bon
pere
Leur difant qu'il eftoit tout a fait à propos
Que pour reffufciter il beut la mort amere.

XXVI. ELEVATION.

O Ciel que le bonté ! quelle douceur imméfe !
Il femble qu'il ne peut s'efloigner d'auec eux,
Et bien qu'ils l'ait quitté comme des mal-heureux
Il ne fait pas femblant d'en auoir fouuenance.

Il leur parut encor auec grande clemence
En plufieurs lieux ailleurs comme eftant defireux,
De n'en laiffer pas vn incredule ou doubteux
Puis qu'ils font les piliers de toute la creance.

Et leur dit qu'il auoit toute l'authorité
De la terre & du Ciel à toute eternité
Laquelle en ce moment il la leur communique

Pour enfeigner tous ceux qui voudront baptifés
Au nom du pere & fils & de l'efprit vnique
Pretendre dans le Ciel d'eftre canonizés.

XXVII. ELEVATION.

O mon ame regarde icy ton bien-facteur

De quels soins 'empreſſez il veut que l'on t'in-
ſtruiſe
Il vit quarante iours auecques ſon Egliſe
Pour t'aprendre cõment l'on peut rauir ſon cœur.

Bien que tu l'ais quitté dedans tant de mal-heur
Il ne delaiſſe pas de flater ta franchiſe,
Afin que reuenant auec grande douleur
De tes pechez commis tu pleures la ſottiſe.

Car tout ce qu'il faiſoit dans ce commẽcement
Eſtoit pour ton profit & ton auancement
S'il n'eut baillé pour lors le poũuoir aux Apoſtres

D'abſoudre les pecheurs tu ne iouïrois pas
De ces grands Sacremens qui ſauuent du treſpas
Auec tant de douceur & les vns & les autres.

XXVIII. ELEVATION.

Apres qu'il eut aſſez enſegné tous ſes freres
Selon qu'il penetroit dans leur capacité,
Il leur dit qu'il faloit que ſon humanité
Allat ouurir le Ciel pour placer les ſainƈs Peres

Qu'ils fuſſent en repos viuant dans les prieres
Iuſqu'à tant que l'eſprit de la ſuauité
Qui leur viendroit bien-toſt monſtrer ſa volonté
Leur ouurit les threſors de ſes ſacrez myſteres.

Mais aprenant ainſi ſon triſte eſlognement
Leur cœur ne peut tenir ſon mécontentement
Et de mille ſanglots leur poiƈrine reſonne

Auec tant de regrets, de larmes, & de pleurs
Que ne pouuant cacher tant de viues douleurs
L'on eut dit que leur ame enfin les abandonne.

XXIX. ELEVATION.

Cependant le Sauueur diſparoit peu à peu
Et s'eleuant en haut leur venë diminuë,
Eſtant enuironné d'vne luiſante nuë
Qui l'aproche touſiours de l'élement du feu.

Ils l'ont conduit au Ciel tout autant qu'ils ont
   peu
Se pleignant doucement de ce qu'il les denuë
Des apas rauiſſans de ſa Diuine veuë
Que par leurs moites yeux ils n'ont pas aſſez veu.
   Il s'en va dans le Ciel entre les deux perſonnes
Prendre poſſeſſion de ſes riches couronnes,
Comme deſſus la terre il nacquit entre deux:
   Et qu'entre deux larrons il fut ſur le Caluaire
Afin de nous aprendre ainſi ce grand myſtere
Lors qu'il fut ſur Tabor entre deux bien-heureux.

XXX. ELEVATION.

   Mere de mon Sauueur vous eſtes bien contéte
D'auoir produit vn Fils ſi charmant & ſi beau
Vous chantés tous les iours vn cantique nouueau
Sans doubte en admirant ſa gloire triomphante
   Mais ce cruel départ fruſtre bien voſtre attente
Puis que tous vos rayons partent de ſon flambeau
Vous voila dans l'ennuy d'vne nuict languiſſante
Tandis que ſes beaux yeux vous lairront au tom-
   beau.
   Il eſt vray qu'en dix iours ſa preſence amou-
   reuſe
Vous doit combler de biens & vous doit rendre
   heureuſe
Outre qu'on ne ſçauroit croire qu'vn tel enfant
   Se puiſſe ſeparer d'vne Mere ſi belle
Car il ſera touſiours auec vous triomphant
Sans quitter voſtre cœur qui luy fut ſi fidelle.

XXXI. ELEVATION.

   O mon Diuin amour auant que ie vous quitte
Beniſſez mes trauaux, mon ame, & mes deſirs,
Que voulez vous qu'icy ie faſſe & ie medite
Accablé ſoubs le faix de tant de deſplaiſirs.

Mieux qu'vn autre Iacob, ie veux faire à la luite
Pluſtot que vous laiſſer enleuer mes ſouſpirs
Vos aymables regards ſont toute ma conduite
Cependant ils s'en vont rauir tous mes plaiſirs ;
   Souuenez vous au moins s'il faut que voſtre
     abſence
Nous priue du bon-heur de voſtre jouyſſance
Que vous m'auez promis de tirer tout à vous
   Lors que vous montreriez au Temple de me-
     moire
Et qu'au lit nuptial comme vn Diuin eſpoux
Vous nous emporteriés quelque iour dãs la gloire.

XXXII. ELEVATION.

   Le temps eſt arriué de tenir la proüeſſe
Puis que c'eſt auiourd'huy que vous vous en allés
Qu'eſt-ce qui vous empeſche Amour ſi vous vou-
     lez
De m'enleuer auſſi dedans voſtre allegreſſe ?
   Que ſi vous emmenez par vne grande adreſſe
La captiuité meſme apres vos chars aiſlez,
Suis ie pas voſtre eſclaue & des plus immolez
Qui dois ſuiure par tout voſtre grande proüeſſe ?
   Ie courray genereux apres vos doux onguens
Si vous voulés me mettre au rang de vos amans ;
Mais ie ne ſuis pas mort encores à moy-meſme
   Ie n'ay point merité de ſuiure vos apas
Auant que de iouyr de ce bon-heur extreme
Il faut deſſus la Croix pluſtot voir le treſpas.

XXXIII. ELEVATION.

   Les Diſciples fâchez d'auoir perdu leur maiſtre
S'en reuont dans Sion encor ſe renfermer,
Comme il leur auoit dit auant de diſparoiſtre
Tant que le S. Eſprit les viene tous armer.
   Tres vnaniment ils prient pour accroiſtre

L'esperance qu'ils ont qu'il les vienne animer,
De son Diuin amour ; lequel bien tost doit-estre
Vn feu dedãs leur cœur qui les doit consommer.

   Venez ce disoient-ils pour chasser cette crainte
Dont nostre ame sans vous maintenãt est atteinte,
O feu qui bruslez tout & ne noircissez pas ;

   Venez de vos ardeurs embraser nos poictrines
Pour nous rendre viuans mesme pres du trespas
Et nous faire mourir dans vos flames Diuines.

XXXIV. ELEVATION.

L'holocauste est tout prest pour vostre sacrifice
Nous sommes disposez à vous receuoir tous,
Il n'y manque plus rien disoit-ils a genoux
Venez ô feu sacré nous estre icy propice.

   Autrefois vn Helie a vaincu la malice
Des Prophetes peruers qui viuoient loin de vous,
Et leur fit auouër que vous estiez jaloux
De rendre à sa vertu l'honneur & la justice.

   Puis qu'aussi-tost qu'il eut reclamé vos faueurs
Vous lançates le feu de vos viues ardeurs
Pour brusler l'Holocauste ou logeoit vostre gloire

   Apres que ces malins eurent assez crié
Et conneu qu'ils deuoient laisser à la memoire
Que vous meritiez seul d'estre tousiours prié.

XXXV. ELEVATION.

Amour vous tardez bien maintenant de venir
Ne reculez vous point pour blesser d'auantage ?
Qu'est-ce que vous croyez qu'on puisse deuenir
Esloignez des attraits de vostre beau visage ?

   Vous sçauez bien que c'est nostre doux souuenir
Et qu'aux parfaits amans c'est vn sensible outrage,
De leur rauir long-temps ce qu'ils voudroient
tenir

Puis qu'on leur ôte ainſi le cœur & le courage ?

Ne differez donc plus, haſtez vous d'aprocher
Pour nous donner ce feu que nous tenons ſi cher
Nous mourrons de langueur ſi cela continuë:

Vous nous l'auez promis voila le temps venu
Qu'il faut que voſtre nom ſoit au monde connu
Et que l'impieté par force diminuë.

XXXVI. ELEVATION.

Ils furent exaucez preſque ſubitement
Car vn vent s'eſleuant d'vne façon fougueuſe,
L'on eut dit que le lieu manquoit de fondement
Tant ſa grand violence eſtoit impetueuſe.

Et remplit tout-a coup ce vaſte logement
En ſorte qu'il parut deſſus la teſte heureuſe,
De la Vierge ſacrée alors viſiblement
Vne langue de feu brillante & lumineuſe.

Comme auſſi ſur le chef des fidelles en Chriſt
Qui prioient attendant le feu du Sainct Eſprit
Eſtant prez de ſix vingts ſur leſquels l'abondance
Des threſors de la grace eſcoula ſi ſoudain
Qu'ils furent tous changez en moins d'vn tour-
ne-main
Monſtrant de toutes parts leur diuine eloquence.

XXXVII. ELEVATION.

Nos deux premiers parens en ſe laiſſant ſur-
prendre
Dedans le Paradis dont-ils furent chaſſez,
Dans ce meſme moment ils s'entirent eſpandre
Le venin du ſerpent qui les auoit bleſſez.

Et quoy que la douleur leur fit par apres rendre
Pluſieurs torrens de pleurs pour noyer leurs pechez,
Leurs cœurs furét pourtant quoy que couuerts de
cendre

Z

D'vn froid bien rigoureux inceffamment glacez.

Si bien que noftre race en fut fi refroidie
Par le venin fatal de cette maladie
Que fans le feu du Ciel qui dégele le Nord.

Nous n'euffions iamais peu grauer deffus l'éuie
Qu'vne langue de glace aport: a tous la mort
Mais des langues de feu nous redonnent la vie.

XXXVIII. ELEVATION.

Ils furent fi remplis de la Diuine grace
Et des fainctes fureurs du Souuerain amour,
Qu'ils n'attendirent plus que la pointe du iour
Pour l'aller publier au milieu de la place.

Les Iuifs eftonnez de cette eftrange audace
Voyant des Idiots qui parloient a leur tour,
Des moyens d'acquerir le celefte feiour
Aueques des difcours de fi grande efficace.

Difoient qu'ils auoiét beu & que c'eftoit le vin
Qui leur auoit apris ce langage diuin :
Comme il eftoit bien vray qu'ils nageoient dans
       l'yvreffe.

De ces torrens facrez que verfe l'efprit fainct
Sur ceux que fon amour a viuement attaint
Puis qu'ils ne craignoiét rien dedás leur allegreffe.

XXXIX. ELEVATION.

Ce beau feu deuoroit fi puiffamment leurs
       cœurs
Que ceux qui les oyoient s'en embrafoient de
       mefme,
Quatre mille en vn coup fentirent les ardeurs
Que S. Pierre efpandoit de fon brafier extreme.

Et bien que dás Sion on les prit pour pefcheurs
Et tous leurs documens pour vn nouueau blaf-
       pheme,

Ils ne laiſſerent pas de blaſmer ſes erreurs
Et meſpriſer ſa cour auec ſon Diadeſme.

Quoy qu'on les menaçat ils ne laiſſerent pas
De faire voir a tous le meſpris du treſpas
Pour l'amour de celuy qui nous donne la vie.

Ils furent mal traictés fort outrageuſement
Mais l'excez violent de la cruelle enuie
Connut bien que la mort eſtoit leur Element.

XL. ELEVATION.

Lors la mere de Dieu combatoit auec tous
Et ſouffroit auec eux leurs tourmés & leurs peines
Son cœur bruſlant d'amour paroiſſoit ſi jaloux
De l'honneur de ſon Fils qu'il en portoit les cheſ-
nes.

Elle les animoit par des termes ſi doux
Qu'ils couroiet renforcez mourir dans les arenes,
En ſorte que iamais ils ne furent aux coups
Sans remporter touſiours du profit a centaines.

O Reine incomparable animez mes ſouhaits
Pour n'eſtre pas indigne icy de vos bien-faits
Mais qu'embraſé du feu dont vous eſtes comblée

Ie puiſſe en combatant contre mes paſſions
Remporter quelque iour les belles actions
Qui peuuent plaire à Dieu dedans cette vallée.

XLI. ELEVATION.

Tous ces grands ſeruiteurs du Redempteur des
ames
Eſtoit ſi glorieux qu'on les fleſtrit pour luy,
Qu'ils ſe reſiouyſſoient preſque tous à l'enuy
D'eſtre dignes du nom qui les rendoient infames.

Leur zele eſtoit ſi grand qu'ils pouſſerent leurs
flames
Du leuant au ponant & du nord au midy,
En ſorte que le feu qui paroit auiourd'huy

N'eſt venu iuſqu'à nous que par leurs ſainctes
    trames
  Ils ne repoſoient pas plus la nuict que le iour
Afin qu'on n'adorat que le Diuin amour
Qu'on auoit mis a mort ſur vn mont de Iudée:
    C'eſtoit le grand motif qui les faiſoit courir
Et pour lequel enfin on les fit tous mourir
Apres auoir laiſſé l'Egliſe bien fondée.

XLII. ELEVATION.

    Mais auant que laiſſer les marques magnifiques
De leur parfait amour ainſi que de leur foy,
La Vierge ſouhaitant la fin de ſon eſmoy
Deſira d'aller voir les perſonnes vniques.

    Les momens de ſa vie eſtant tous extatiques
L'obligeoient de chercher à s'eſloigner de ſoy,
Pour s'vnir plus à Dieu dans le Ciel à recoy
Bien mieux que ne ſont pas les eſprits Seraphi-
    ques.

    Le iour qu'elle voulut s'eſclipſer d'icy bas
Pour changer de ſeiour par les mains du treſpas
Elle pria ſon Fils d'aſſembler les Apoſtres;

    Qui s'eſtoient eſpandus par tout cét Vniuers
Afin qu'elle leur dit les accidens diuers
Qui deuoit arriuer tant aux vns comme aux autres.

XLIII. ELEVATION.

    Ce qui par vn effet merueilleux & puiſſant
Arriua tout ainſi qu'elle en eut la penſée,
Et parurent tres-tous d'vn maintien innocent
Autour du petit lit de la Vierge abaiſſée.

    L'excez de ſon plaiſir fut bien ſi rauiſſant
Que ſon ame en parlant deuint toute empreſſée,
Et leur dit gayement tout en les beniſſant
Vous eſtes de mon fils la troupe careſſée,

    Viuez touſiours contés, quoy qui puiſſe aduenir

Vous ferez les plus chers de mon doux fouuenir
Ie veux eftre en efprit auec vous dans les chaifnes
   Que vous fuporterez pour le Diuin amour
Ie vous foulageray dans les cruelles peines
Qu'on vous fera fouffrir fans doubte au premier
   iour.

XLIV. ELEVATION.

Tous ces pauures enfans bleffez de la rendreffe
Ne peurent contenir les larmes de leurs yeux,
Perdant en ce moment leur mere & leur mai-
   ftreffe
Qui leur feruoit d'azile en leurs maux preeieux.

   Elle eftoit leur repos dans leur plus grand tri-
   fteffe
Leurs cœurs en la voyant deuenoient glorieux,
Enfin elle donnoit a tous tant d'allegreffe
Que par elle ils eftoit toufiours victorieux.

   Neantmoins connoiffant que c'eftoit fon Fils
   mefme
Qui l'attiroit a luy par vn amour extreme
A fes diuins decrets fe refignerent tous.

   Et d'vn regret paifible ils fondirent en larmes
Luy rebaifant les pieds de refpect à genoux
Sans fe pouuoir fouler d'admirer tat de charmes.

XLV. ELEVATION.

   Apres que ce beau corps ce Temple memora-
   ble
Où le Diuin amour auoit pris fes esbats,
Eut pris comme vn fommeil les marques du tref-
   pas
Ils chanterent enfemble vn cantique admirable.

   Leur dueil eftoit puiffant auffi bien qu'agreable
L'allegreffe & l'ennuy marchoient d'vn mefme pas
Et pour luy faire honneur finirent leurs debats

Tandis qu'on l'arrangeoit dans sa biere adorable,
  Il la porterent tous ce iour mesme au tombeau
(Dans l'espoir de reuoir r'allumer ce flambeau)
Aueques tout l'honneur qui se sçauroit compren-
      dre
    Sçachant bien qu'elle estoit la mere de leur
      Dieu
Qui vouloit reposer quelques iours dans ce lieu
Iusqu'à tant que son fils luy mesme la vint pren-
      dre.

XLVI. ELEVATION.

Ils ne manquerent pas a la fin des trois iours
D'aller ensemble voir la mesme sepulture,
Si celle dont le los surpassoit le discours
Ne surpasseroit point les Loix de la nature.
    O merueille en effect digne de nos amours!
Ce beau corps qui n'auoit iamais eu d'entamure,
Par les rais de son Fils sans ayde ny secours
Fut enleué de terre exempt de pourriture.
    C'estoit bien la raison que ce Temple sacré
Où le Diuin amour s'estoit si bien paré
Fut logé dans le Ciel loin des choses mortelles;
    La terre estoit indigne de garder ce thresor
Duquel la pureté surpassoit le fin or
Et mesme la beauté des roses les plus belles.

XLVII. ELEVATION.

Leur ioye prit alors vn surcroit de douceur
De voir comme leur Dame estoit si bien logée,
Ils estoient tous muëts contemplât son bon-heur
La sçachant dans la gloire esleuée & changée.
    Ils luy parloient sans doubte au profond de
      leur cœur
Luy disant douce Mere à present dégagée,
Des ennuys & des soins qui suiuent la douleur

Souuenez vous touſiours de l'Egliſe outragée.

Vous nous auez promis de combatre auec nous
Par vos puiſſans ſecours pour l'intereſt de tous;
Ne nous oubliez pas repoſoir ineffable:

De toutes les grandeurs de la trine vnité
Nous allons de ce pas choquer l'impieté
Encore bien qu'elle ait vn front ſi redoubtable.

XLVIII. ELEVATION.

Cependant les concerts des chantres Angeli-
    ques
Reſonnent dedans l'air preſque de toutes parts
Pour la Mere de Dieu par leurs voix authentiques
Se preſſant a l'enuy pour auoir ſes regards.

Les aſtres eſtonnez de ces brillans pudiques
S'eſclipſent de reſpect & deuiennent fuyards,
Sçachant d'ailleurs qu'ils ſont les Phares magni-
    fiques
Qui conduiſent leur Reyne au deſſus de leur
    Mars.

Il ſemble que les Cieux ſe vuident pour l'entrée
De cete grande Vierge auiourd'huy conſacrée
Comme la Souueraine & maiſtreſſe de tous:

Sans laquelle iamais nul n'obtiendra les graces
Dedans ce monde icy ſi ſubjet aux diſgraces
Quand il fondroit en plurs & mourroit à genoux.

XLIX. ELEVATION.

Digne Mere de Dieu maintenant triomphante
Pour vous nous ne ferons iamais que begayer,
Qu'on die ce qu'on ſçait ſur le dos d'vn papier
Il en reſtera plus cent fois qu'on n'en inuente.

Quand le plus grand eſprit & l'ame plus ſça-
    uante
Rendroit à voſtre los ce qu'il peut eſſayer,
Enfin il treuuera qu'il n'a pas le loyer

D'exprimer le bon-heur qui vous rend si con-
tente.

Que si nous ne pouuons parler qu'indignement
De l'heur que vous auez si prodigalement
Receuez nostre adueu dedans nostre impuiſſance
   Comme vn bien precieux de ne le pouuoir pas
Parce que cela marque ainsi voſtre excellence
Et l'immenſe grandeur de vos Diuins appas.

L. ELEVATION.

Que ſi par les deſirs nous y pouuons atteindre
Nous vous les offrons tous dans le plus haut de-
    gré,
Agreés les touſiours ſur le throne ſacré
Où vous regnez ſur tout deſormais ſans rien
    craindre.
   Mais donnez nous auſſi des ſouſpirs pour nous
    plaindre
O Reyne des humains & du Ciel azuré,
Afin qu'apres auoir tous nos crimes pleuré
Nous voyons deſſus nous voſtre lumiere poindre.
   O digne Emperiere & des corps & des cœurs
Qui n'auez pour vaſſaux que des nobles vain-
    queurs
Mettez nous dans le rang de ces ames ſi belles.
   Pour pouuoir vous benir dedans l'Eternité
Et qu'en nous deſpoüillant de noſtre infirmité
Nous puiſſions nous veſtir des grandeurs immor-
    telles.

FIN.

· *VIVE IESVS·*

LE MIROIR
ARDENT.

*Contenant les diuerses ressemblances du diuin
amour au tres-sainct Sacrement de l'Autel
prises & triées des animaux, oyseaux, poissons,
fleurs, & autres choses rares qui sont dans le
monde.*

Composé par M͏ͬ. DE CLERMONT
Prestre.

A TOLOSE,
Par ARNAVD COLOMIEZ, premier
Imprimeur ordinaire du Roy, & de
l'Vniuersité.

M. DC. LIII.

Des animaux.

1. au Lyon.
2. a la Tigraffe.
3. au Cerf.
4. a la Cheure.
5. a la fourmis.
6. a la Licorne.

Des oyfeaux.

1. au Phœnix.
2. a l'Aigle.
3. au Pelican.
4. au Roffignol.
5. a la Colombe.
6. a l'Alcyon.

Des poiffons.

1. a la Balene.
2. au Dauphin.
3. au Remore.
4. a Luranofcope.
5. au Philiftorgie.
6. a la Torpile.

Des fleurs.

1. au Lys.
2. a la Rofe.
3. a Lœillet.
4. a la Violette.
5. au Iafmin.
6. a L'anomone.

Des chofes rares.

1. a vne maifon Royale.
2. a vne Armée.
3. a vn Iardin.
4. a Lefpy de Bled.
5. a vne Vigne.
6. au petit lict de Salomon.

A MADAME.
MADAME
DE MARNAC, RELIGIEVSE
DE Sᵗᴱ CLAIRE.

ADAME,

I'ay defiré de vous prefenter ce Miroir comme
vn prefant digne de vous, il eft vray qu'en le fa-
briquant, ie croyois qu'il ne feruiroit tant
feulement qu'à moy, fur le fouuenir des Preftres
de l'ancien Teftament qui deuoiët fe mirer dans
les riches miroirs qui leurs eftoient prefentés
pour ajufter leurs habits precieux auant que d'a-
procher des Autels du Seigneur ; mais ie me
fuis auffi fouuenu que le bien eftant desja com-
municable il n'eftoit pas raifonnable que ie vous
priuaffe de fa veuë, apres les fainctes obligations
que ie vous auois depuis fi long temps, eftant
d'ailleurs plus naturel à voftre fexe de fe mirer
qu'au noftre : outre que vous, ayant les yeux
meilleurs que moy dans la vie fpirituelle, com-

me ayant plus long-temps iouy de l'aspect delicieux de ses merueilles, i'ay creu qu'en regardant
ce miroir ardent, vous alumeriés dans mon
ame par vos feruentes prieres quelqu'vne de ces
petites bluettes de feu qu'il eslance, puis que c'est
par la reflexion aussi qu'on se sert des miroirs
ardës pour embraser ce qui paroist à leur oposite,
afin qu'vn iour nous puissions ensemble regarder, non plus en enigme, ce miroir sans tache que
les Anges desirent incessamment de voir , dont
la veue leur est si precieuse qu'en les assouuyssant
elle leur laisse touiours l'auidité de l'enuisager
d'auantage, ce que la diuine Misericorde nous
accordera sans doubte si durant le cours de cette
vie perissable nous nous mirons de temps en
temps comme le pan dans la bassesse de nostre nature impuissante, qui est ce beau miroir de nous
mesme, lequel nous portons touiours à la ceintu-
re & dans lequel ie vois clairement aussi combien i'ay raison de me dire.

MADAME,

Vostre tres-humble & tres-
obeïssant seruiteur.
CLERMONT Prestre indig.

Viam iuſtificationum tuarum inſtrue me
& exercebor in mirabilibus tuis.
Pſalm. 118.

LES premieres reſſemblances des animaux,

A qui vous compareray-je ô mon diuin Amour ?

Au Lyon.

I. SONNET.

Venés ô doux amour comme vn Lyon ſans
    crainte
Pour chaſſer loing de moy cette timidité,
Qui me rend imbecile & plein de lacheté
Aprochant au deuant voſtre majeſté ſainɛɛte.

    Tous mes fiers ennemis verrôt leur rage eſtein-
Quand vous y regnerés auec authorité,   (te
Que ſi vos ſeuls regards font la tranquillité
Que ne ferez-vous pas y viuant ſans contrainte?

    De quel rare bon-heur jouiray-je auec vous
Deffendu d'vn Lyon ſi puiſſant & ſi doux ?
Ie ne reſpireray que des feux & de flames.

    M'eſtant mis à labry de voſtre cher coſté
Là, ie deffieray toute l'impureté,
Voire meſme le monde & les demons infames.

4

A qui ? *A la Tigreſſe.*

2. SONNET.

Venez ô doux amour plus prompt que la Ti-
  greſſe
Dont la velocité ne ſe peut comparer ;
Puis que vous deſcendés auec plus de viteſſe
Dedans le pain ſacré pour vous faire adorer.
  Vous eſtes bien plus preſt pour porter l'alle-
  greſſe
Dans les cœurs abatus qu'on ne le peut monſtrer,
Que ſi l'on vous rauit vos petits par ſoupleſſe
Pourquoy courés vous tant que pour les re-
  couurer?
  N'auez vous pas au monde expoſé voſtre vie
Pour ſauuer la nature indignement rauie
Et ne donnés vous pas tous les iours voſtre corps.
  Où l'on ſucce le gouſt de toutes les delices,
Pour empécher nos cœurs qu'ils n'aillent au de-
  hors
Rencontrer les tyrans des eternels ſuplices?

A qui ? Au Cerf.

3. SONNET.

Venez ô doux amour comme vn Cerf pan-
  thelant
Qui court apres les eaux de mes larmes ameres;
Ie ſouleray la ſoif qui vous rend haletant,
Deteſtant les Pechez qui vous ſont ſi contraires.
  Auec mille ſoupirs ie courray ſi conſtant

Apres les beaux torrens de vos eaux falutaires,
Que meu de mefme foif i'iray vous imitant
Pour m'enyurer d'amour dans vos playes tres
      cheres.
   Nous efteindrons ainfi noftre foif tous de
      rang
Si vous aymés mes pleurs ie boiray voftre fang,
Si vous eftes content ie feray bien plus aife.
   Puis que tout le profit fera de mon cofté
O quand bruflerons nous, mon Dieu! de mefme
      braife?
Et ferons nous efpris de mefme volonté?

                A qui ? A la Cheure.

            4.   *S O N N E T.*

   Venés ô doux amour ô ma cheure legere
Qui courez fans repos par vallée & par monts
Pour treuuer les cheureaux qu'vne infame me-
      gere
Vous auoient enleuez par fes charmes profonds.
   Voftre laict va cherchant qui le tire & digere
Mais il treuue bien peu qui vueille fes tétons,
Il preffe de fortir pour quelque ame étrangere
Depuis que vos petits refufent tous fes dons.
   Mon ame-courons y ! qu'à iamais ie le tete !
Ce beau laict pretieux fans que rien m'en arrefte !
Que fans ceffe i'y fois auidement collé !
   Ainfi qu'vn doux cheureau qui pend à la
      mammelle !
O bon-heur de l'autel ! qu'en ce monde aueuglé
L'on goûte les plaifirs de la vie immortelle !

A qui ? A la Fourmis.

5. SONNET.

Venez ô doux amour ainſi que la fourmis
Qui conſomme ſa vie à trauailler ſans ceſſe ,
Pour nourrir bien ſouuent ces plus grands enne-
  mis
Encor qu'elle les voye & qu'elle les cognoiſſe.

  D'vn genereux deſſein vous vous eſtés ſoubmis,
Toujours à vous peiner d'vne grande allegreſſe ,
Autant pour vos hayneux, comme pour vos amis,
Puis que vous eſtes mort ſoubs le fais de l'an-
  goiſſe.

  Et vous auez auſſi tant remply vos greniers
Que quand on en prendroit tous les iours a
  miliers
On n'en ſcauroit iamais eſpuiſer les merites.

  Qu'on s'aproche hardiment de vos ſacrés au-
  tels
Pour y manger heureux le pain des immortels ;
On n'en verra iamais le fonds ny les limites.

A qui ? A la Licorne.

6. SONNET.

Venez ô doux amour ainſi que la licorne
Loger dedans mon ame auec meſme deſſein,
Que vous vous arreſtés dans le pudique ſein
D'vne petite vierge où voſtre ardeur ſe borne.

  Elle ne ſera plus languïſſante ny morne
En beuuant apres vous & dedans vous à plein,

Le

Le fiel le plus amer luy fera toujours fain,
Puis que vous y trempés le premier voftre corne.
    O combien eft heurenx le cœur que vous percés
Et qu'auec quelque aigreur fans ceffe vous bleffés!
Il n'y a rien ça bas qui luy foit comparable.
    Car quand on luy donroit les plus doux des
        nectars.
Il les mefpriferoit pour les moindres regards
Que vous lancés par fois dans cette faincte table.

Les fecondes reffemblances.

Des oyfeaux.

A qui vous compareray - je ô mon diuin
    amour ?

Au Phœnix.

I. SONNET.

Soyez ô doux amour fur mon cœur vn phœnix,
Mourant fur le bucher dans lequel il fait prendre,
Par ces doux mouuemens le feu qui vient def-
    cendre
Pour confommer fa vie & voir ces iours finis.
    Mon efprit & mon ame aprefent tous ternis
Renaiftront purs & nets fortant de voftre cendre,
Et ce qui femble vn peu difficile a comprendre
Ils feront auec vous deformais tous vnis.
    Toutes mes actions feront fubtilizées
Et mefme dés ça bas feront diuinifées :
O bien-heureux moment ! qui me verra changer,
    Pour mourir & reuiure auec ce Phœnix rare?

ē

Ie fay bien qu'il le veut quand il y vient loger
Pourueu qu'a fon plaifir mon cœur ie luy prepare.

A qui? A l'Aigle.

2. SONNET.

Soyés ô doux amour vn Aigle dedans moy
Qui ne craint ny frimats, ny neges, ny froidure
Et dont l'aifle fe rit de ce que la nature
A de plus rigoureux & de plus rude en foy.
Que ie faffe litiere animé de la foy,
Des fleaux, & des mefpris, & de toute autre iniu-
Veu qu'icy tous les mauxt fe donnent a l'vfure (re
A l'ame qui fçait bien vfer de leur effroy :
Dans ce grand facrement neftes-vous pas vn
     Aigle
Qui nous donnez fans ceffe vne amoureufe regle
Pour efleuer nos yeux a vos yeux cherement?
Comme vn Soleil luifant & brillant tout de
     flames?
Afin que comme aiglons nous relançions nos
     ames
Auec vous & dans vous tres amoureufement?

A qui? Au Pelican.

3. SONNET.

Soyés amour pour moy vn Pelican aymable
Lequel auec fon fang tous ces petits guerit,
Lors que quelque ferpent mal-heureux les murtrit
Par le venin fanglant de fa langue coupable.
Vous vous eftes feigné fur la croix adorable

Pour r'animer mon ame & guerir mon esprit,
Que le serpent d'Enfer subtilement surprit
Quand il persuada le mourceau detestable.
　　Espandés ce beau sang dessus mes passions
Qui blessent tous les iours toutes mes actions,
Puis qu'aussi tous les iours ie l'hume auec l'hostie.
　　O bien-heureux le iour qui les verra guerir
Mais plus heureux encor si ie puis aquerir
Pour vous plaire bien mieux vne saincte Apathie.

A qui ? Au Rossignol.

4.　SONNET.

Soyés ô doux amour ma douce philomelle
Dont les mignards accens enleuent tous les
Par la suauité de ces rares langueurs　　(cœurs
Lors que du beau printemps elle ouure la pru-
　　nelle.
　　C'est bien par cette voix si charmante & si belle
Qu'apres vos chers attraits vous tirés les pecheurs;
Perché dessus la croix iusques à des voleurs
Ont suiuy gayement le son qui prouient d'elle.
　　Sans doubte les martyrs & ces Dieux des de-
Auoit ouy le chant de vos diuins concerts (serts
Puis que tous d'vn accord abandonnoit la vie.
　　A la mercy des fleaux & des flots d'icy bas;
N'oyray-je point comme eux ces melodieux apas
Si mon cœur qui vous tient vous en presse &
　　conuie ?
A qui ? A la Colombe.

5.　SONNET.
Soyés ô doux amour comme la colombelle

Qui porte dans mon cœur le rameau de la paix
Qu'il viue donc sans fiel comme elle desormais
Sans mesme que la mort le cognoisse infidelle.

Tout ainsi qu'on la void aussi chaste que belle
Dans sa simplicité sans faire aucuns regrets
En perdant son paron ou les œufs qu'elle à faicts
Que mon cœur s'humilie & fasse ainsi côme elle.

Ie vous imiteray quand i'yray l'imitant
Puis que de ce beau nom vous estes bien contant
Car mesme vous auez paru soubs sa figure.

Vn milion de fois enseignant vos docteurs
Qui publioient les biens, les graces, & faueurs
Que vous nous departés à l'autel sans mesure.

A qui ? A l'Alcion.

6. SONNET.

Soyés ô doux amour entrant dedans mon
   cœur
Ainsi qu'vn Alçion dans son nid adorable
Que l'orage du monde y brise sa fureur
Et qu'a son eau salée il soit impenetrable.

Reposés y toûjours dedans vn calme seur
Et le remplissez tout de vostre corps aymable,
Afin que rien n'y entre ô mon diuin sauueur
Que les seules grandeurs de vostre estre ineffable.

Dilatés le si fort qu'il vous ambrasse tout
Et l'estressissez tant qu'il n'ait que vostre goust
Afin que pour vous seul tant seulement il viue.

Car si vos feux sacrés l'embrazent en ce lieu
Et qu'a iamais pour vous de luy mesme il se
   priue
Ne le prendra-t'on pas pour vn cœur tout de
   Dieu?

Troisiesmes ressemblances des Poissons

A qui ? A la Balene.

1. SONNET.

Demeurez mon amour au milieu de mon
    cœur
Ainsi que Ionas fut au cœur de la balene
Non pas pour les trois iours qu'il y vescut sans
    peur
Mais regnés y toujours en repos & sans peine.
   Ou bien encore mieux pour iouër au plus seur
Changeons nostre dessein en reprenant halene
Que ie sois le Ionas comme estant grand pecheur
Et que i'acheue en vous la vie que ie mene.
   Toutesfois ie ne veux que vostre volonté
Veu qu'elle est le grand but de ma felicité
Outre que l'vn & l'autre est a mon auantage.
   Car si ie vis en vous ou que viuiés en moy
Ie seray bien-heureux par vn double heritage
Puis que l'vn est en l'autre intimement en soy.

A qui ? au Dauphin.

2. SONNET.

Demeurez mon amour en moy comme vn
    Dauphin
Lequel est amoureux de la nature humaine,
Et qui prend ses plaisirs d'atteindre a cette fin
De porter sur son dos tel qu'il void sur l'arene.
   Il est d'vn naturel si doux & si benin

Qu'il prend tous ſes esbats dans cette heureuſe
   peyne
Iuſques la qu'il paroiſt deſſus le bord marin
Par fois ſi l'on le nomme auec vne voix pleine.
   Vous nous auez porté toujours ce grand amour
Puis qu'auec les humains vous venez voir le iour
Non pas tant ſeulement la nuiƈt de la naiſſance
   Mais a tous les momens qu'vn Preſtre vous
   ſemond
O quand ! vous rendrons nous quelque recon-
   noiſſance !
Si pour nous enrichir vous deuenés ſi prompt ?

      A qui ? Au Remore.

3. SONNET.

   Demeurez mon amour ainſi que le Remore
Qui tout petit qu'il eſt arreſte au fort des eaux
Tous les deſſeins bouffis des plus legers vaiſſeaux
Par la ſeule vertu dont le ciel le decore.
   Puis qu'vne particule eſt capable d'enclore
Voſtre diuine eſſence auec tous ſes flambeaux
L'ame meſme & le corps qui beut tant de trauaux
Pouuez vous plus que là vous eſtreſſir encore ?
   Cependant qui nous a iamais peu faire voir
Plus que vous, les excés d'vn infiny pouuoir
En cela meſmement qui regarde l'hoſtie ?
   Puis que vous ſuſpendés l'eſclat de vos gran-
   deurs
Dont la diuinité toujours eſt aſſortie
Par vn rare miracle en ce lieu de l'angueur.

4.ᵉ SONNET.

Demeurez mon amour au milieu de mon cœur
Comme Luranoscope est au milieu de l'onde
C'est vn poisson d'vn œil qui vit dans la douceur
Sans cesse regardant l'estoille vagabonde

Il est si fort rauy qu'il ressemble vn réueur
Lequel va se paissant de cette humeur profonde
Que luy fournit l'aspect de lextreme lueur,
Qu'espandent tous les cieux sur la face du monde.

Vous serez mon ciel mesme au milieu de ces
flots
Qui trompent bien souuent tout l'art des ma-
telots :
Ie ny veux regarder que vostre beau visage

D'ont l'aspect est si doux que sa seule clarté
Enleue tous les saincts dans la felicité
Les rendant ce qu'ils sont auec tant d'auantage.

5. SONNET.

Demeurez mon amour comme vn Philostorgie
Qui cherit ses petits si demesurement
Qu'il les auale tous pour lors auidement
Quand du moindre danger il preuoit l'effigie

Ainsi dedans vous seul mon cœur se refugie
Non pas pour vn seul iour mais bien incessam-
Puis qu'il est en peril continuellement   (ment
Et que vous le gardez auec tant d'energie.

Où bien pour mieux surprendre icy nos ennemis

Cachés vous dedans moy puis qu'il vous est per-
mis
Tous les matins sacrés que ie cours a la table.
  O ciel ! quel ennemy viendra pour me morguer
Qu'elle difficulte n'oseray-je attaquer
Ayant dedans mon cœur vn Dieu si redoubtable?

A qui ? A la Torpile.

6. SONNET.

  Demeurez mon amour ainsi que la Torpile
Laquelle dans l'apas prend celuy qui la prend
Et coupe auec les dents la ligne qui la tend
Rendant mesme le bras alors presque-inutile.
  C'est vous qui de la mort si legere & subtile
Auez mis aux aboix son pouuoir le plus grand
Elle croyoit vous prendre & vostre mort la rend
Impuissante aujourd'huy quoy que si difficile.
  Elle meurt en effect du morceau qu'elle a pris
Parce qu'elle ne sert a present que de prix
Aux ames qui pour vous sont mortes par auance.
  Vostre sang adoucit si fort sa cruauté
Qu'elle est le port heureux de la felicité
Et le premier degré de nostre recompense.

Les Quatriesmes ressemblances des Fleurs.

A qui ? Au Lys.

1. SONNET.

Viuez ô doux amour tout ainsi que le lys
Dont la beauté paroist du tout incomparable
                                    Dans

Dans la rare blancheur de ces chastes replis
Qu'il va multipliant d'vne forme admirable
Salomon n'auoit pas des throsne si polis
Et sa pompe cedoit a sa richesse aymable
Tous ses emmeublemés estoient moins ennoblis
Que sa delicatesse à l'art inimitable.
  Ie tiendray le milieu de vos beaux marteaux
Ie feray vostre cœur vous serez mon thresor (dor
Ainsi la nuict venant ie me lairray r'enclore.
  Puis que tout humecté dedans vostre blancheur
Le matin reuenant au leuer de l'Aurore
Mon cœur sera blanchy dedans vostre fraicheur.

A qui ? A la Rose.

2. SONNET.

  Viuez ô doux amour de mesme que la rose
Dont le musc odorant surpasse lambre pur
Car qui veut l'admirer dans sa viue fraicheur
Ne se lasse iamais d'vne si belle chose.
  Couché dedans la cresche estiés vous pas esclose
Parmy celles des champs ô nom pareille fleur?
Malgré mesme le froid vous auiés la couleur
Plus vermeille cent fois que celles qu'on propose.
  Mon cœur sera la cresche ou bien vostre berceau
Mes bras seront le foin, mes larmes seront leau
Pour arrouser sans cesse vne rose si belle.
  Dont l'odeur épandant ces parfums rauissans
Embaufmera si fort & mon ame & mes sens
Que ie ne viuray plus desormais que pour elle.

A qui ? A L'œillet.

3. SONNET.

Viuez ô doux amour à guife d'vn œillet
Lequel eft empourpré d'vne couleur fi viue
Que la plus docte main le void comme captiue
Pour en tirer au vif le plus petit fueillet.

Tout ce qui vit en luy nous agrée nous plaift
De fa fuaue odeur iamais il ne nous priue
Germant entre nos mains bien fouuent il arriue
Qu'il emprunte l'efclat de l'endroit le plus laid

Quand on vous circoncit dans les mains du
    grand Preftre
Tout empourpré de fang vous voulutes accroiftre
Le mépris qu'en naiffant vous auiez emprunté.

Et fouuent à l'autel ô penfer formidale
Vous s'ouffrez d'eftre pris d'vne bouche cou-
    pable
Pour faire voir l'excez de voftre humilité.

A qui ? A la Violette.

4. SONNET.

Viuez ô doux amour comme la violette
Qui rauit l'odorat par fa fuauité
Et dont la petiteffe à tant d'humilité
Qu'à peine luy void-on iamais leuer la tefte.

Vous auez tant chery l'amour de la retraite
Que toute voftre vie eft dans l'obfcurité
Mais d'autant plus auffi vous auez efclaté
Que vous l'auez renduë a nos yeux plus abiecte.

O merueill. ineffable en ce grand facrement

Ou vous flairez aux bons si delicatement
Vous vous estes caché dans la petite boëtte.
  Où les meilleurs onguens sont toufiours re-
  cellés
Si bien que la foy seule en nous tenant voilés
Est nostre truchement & vostre vnique poëtte.

   A qui ? Au Iasmin.

    5. *SONNET.*

Viuez ô doux amour plus cher que le jasmin
Qui réjouit les sains & guerit les malades
Et dont l'huile est si bon qu'il chasse le venin
Le plus pernicieux qu'on void chez les Nomades.
  Sa blancheur est la nege espandüe au chemin
Plustost qu'on l'ait foulée ez lieux des promena-
Il exhale en vn mot l'ambre le plus benin (des
Qu'on puisse rechercher sur les plus belles rades.
  Hé Dieu ! qui fût iamais n'y plus blanc n'y
  plus doux
Qu'on vous void à l'autel ô mon diuin espoux ?
Qui chasse mieux la mort ? qui guerit mieux les
  ames ?
  Qui donne plus de ioye à nos yeux languissans ?
O bien-heureux moment qui verra tous mes sens
Meriter de mourir & viure dans les flames ?

   A qui ? A Lanomone.

   6. *SONNET.*

Viuez ô doux amour ainsi que l'anomone
Dont la viuacité quoy qui puisse arriuer

      i 2

Paroiſt heureuſement dans le cœur de l'hiuer
Par la ſeule vertu que ſon aſtre luy donne.
    Vous ſerez de mon cœur la gloire & la cou-
      ronne
Car les plus noirs frimats ne ſcauroient nous pri-
Du rare vermillon que vous faites treuuer   (uer
Dans l'ame qui dans vous tout à faict s'aban-
      donne.
    Pourueu qu'à l'aduenir nous recherchions le
Qui nous peut de la grace eſleuer à l'amour (iour
Il n'y à point de froid que vous ne faſſiés fondre.
    N'y des Pechez ſi grands qui ne ſoient effacés
Si dans l'eau de nos plurs nous nous voulons
      confondre
Aprochant des autels où vous nous deglacés.

    Dernieres reſſemblances des choſes rares.

      A qui ? A vne maiſon Royale.

        I. *SONNET.*

    Regnez ô doux amour au milieu de mon cœur
Ainſi que le pourpris d'vne maiſon Royale
Qui n'a rien d'aprochant à ſa riche grandeur
N'y rien dans l'vniuers tant ſoit peu qui l'eſgale.
    Que peut-on mettre au rang des choſes de va-
D'Apelle ou Phidias ou meſme de Dedale (leur
Que vous ne ſurpaſſiez d'vne plus belle hauteur
Que La viuacite des hommes ne l'eſtale ?
    Les moindres de vos murs ſont faicts de dia-
      mans
Qui brillent a l'enuy dans vos ſoubaſſemens
Où vos petits valets meſpriſent les couronnes.

Si bien qu'en vous tenant ie possede cent fois,
Plus d'honneur & de bien qu'vn milion de Roys
Plus grands que Salomon assis dessus ses thros-
nes.

A qui ? A Vne Armée.

2. *SONNET.*

Regnez ô doux amour comme vne belle ar-
mée
Dont l'ordre est si brillant qu'elle imprime la
peur
Sur le front ennemy qui blesmit de terreur
La voyant dans ses rang toujours plus animée.
Mon ame en cét estat sera bien si charmée
D'auoir vn tel secours si puissant & si seur,
Qu'elle reposera mesme dans la douceur
Se voyant comme elle est si fortement aymée.
Alors que ie vous tiens il n'y a point de tour
Qu'on puisse comparer a mon diuin amour
Les desseins de l'enfer, de l'enuie, & des gehenes.
Sont des foibles essais dans leur plus grand
effort
Parce que mon amour est plus grand que la
mort
Puis qu'il prend sa grandeur de la grandeur des
peynes.

A qui ? A Vn Iardin.

3. *SONNET.*

Regnez ô doux amour en moy comme iardin

Plus beau que Luxembourg ny que les Tuileries
N'y que les Beluedets si remplis d'industries
Et plus que les Penils de la Semiramins
   Vous auez des jets d'eau qui jalissent sans fin
Pour faire raieunir mes pensées flestries
Qui comme belles fleur estoient eslanguories
Au milieu des vertus du parterre diuin.
   Vous estes cacheté auec le sceau fidelle
De la foy qui nous tient icy bas en ceruelle
Soubs le pain & le vin qui paroit à nos yeux.
   Et bien qu'il n'y ait rien qui soit plus veritable
Que vous estes viuant soubs ce voile adorable
Nous viuons pourtant hors ce jardin precieux.

A qui ? A L'espy de Bled.

4. SONNET.

Regnez ô doux amour comme l'espy de bled
D'ont le tige esleué presente son offrande
A l'autheur de son estre afin qu'il la luy rende
Pour reuiure toûjours de ses biens accablé.
   Luy seul se peut vanter d'estre le plus comblé
De benedictions, dont il a la plus grande
Puis qu'il porte le pain que le Saueur demande
Pour entrer dedans nous de nous mesme affublé.
   O tige bien-heureux sans doubte incompa-
rable
Qui possedés le Verbe en la chair ineffable
Et nous donnés la vie à l'ame ainsi qu'au corps.
   Qui pourra dignement dedans ces souuenan-
ces
Vous rendre la moitié de nos recognoissances
Si de tous les thresors vous auez les thresors?

A qui ? A la vigne.

5. SONNET.

Regnez ô doux amour comme vne belle vi-
gne
D'ont les jettons facrez vont dans l'eternité :
Vos raifins font fi purs qu'ils portent la fanté
Dans les cœurs alterés d'vne maniere infigne.

La vendenge qu'on cueille eft à tous fi benigne
Que maudit eft celuy qui n'en a pas tafté
Vous donnés fans argent de ce vin fouhaité
A l'ame du pecheur mefme la plus maligne.

C'eft fur la croix fans doubte où vous auez
verfé
Ce vin delicieux noueaux & frais percé
Que vous auez tout feul tiré de foubs la preffe.

Appellant tout le monde afin de s'enyurer :
Prenons en donc mon ame icy fans mefurer
Depuis que fans mefure ou nous en faict lar-
geffe.

A qui ? Au petit lict de Salomon.

6. SONNET.

Regnez ô doux amour comme la riche cou-
che
Du grand Roy Salomon ; car me voyant requis
I'ay tant de fois rebeu de voftre vin efquis
Que fans plus differer il faut que ie me couche.

O defiré moment ? qu'alors rien ne me touche
Quand ie m'endormiray d'vn fômeil tout acquis!
O puis que ce beau fang m'a ce bon-heur conquis

Que pour me refueiller nul n'ouure pas la bou-
ché.

Que le monde & la chair m'y laiffent en repos

Sans qu'il leur foit permis de tenir nul propos
Au tour de ce liét blanc où Dieu mefme re-
pofe.

D'où ie ne veux enfin iamais me releuer
Que ie ne voye heureux mon falut acheuer
Par la feule vertu qu'on y fçait eftre enclofe.

Oraifon de S. Thomas d'Aquin :

Adoro te deuote &c.

ENfin ie vous adore ô Deité changée,
  Dans noftre humanité.
Puis que foubs ces obieéts vous vous eftes rangée,
  Auecqués verité.
Mon cœur auec plaifir vous contemple & reuere,
  Perpetuellement.
Parce qu'il meurt d'amour admirant le myftere,
  De ce grand Sacrement.
La main qui fuit le gouft s'y trompe auec la veuë,
  Et n'y à que l'ouyr.
Qui rend a noftre foy la verité cogneuë,
  Pour nous faire esjouyr.
Ie croy fidelement tout ce qu'à dit le Verbe,
  Lors qu'il viuoit ça bas.
Et faut eftre remply d'vne infigne fuperbe.
  Pour ne le croire pas.
Sur la croix vous cachiés feulement la prefence,
  De la Diuinité.

Mais

Mais nous sommes icy priués de l'aparence,
  De voſtre humanité.
L'vn & l'autre pourtant i'atteſte & ie confeſſe,
  Et comme le larron.
Ie prends la liberté d'vne ſaincte hardieſſe ,
  Pour obtenir pardon.
Ainſi que ſainct Thomas ie ne voy point les
  playes,
  Mais auec vn grand cœur.
I'aduouë cependant qu'elles y ſont tres vrayes,
  O mon diuin Sauueur.
Faites qu'en moy toujours la creance s'augmente,
  Et l'eſperance auſſi.
Accroiſſez-y l'amour d'vne ardeur violente,
  Mon aymable ſoucy.
O digne ſouuenir de la mort de mon maiſtre,
  O pain trois fois beniſt.
Qui nous donnez la vie & la venez accroiſtre ,
  Alors qu'elle finit.
Donnez à mon eſprit qu'il viue de vous meſme
  Afin que tout en vous.
Il ne deſire rien dans cét amour extreme,
  Que le miel de vos gouſts.
O mon diuin Ieſus Pelican le plus rare ,
  Qu'on ait encores veu.
Lauez moy de ce ſang qui peut leuer la tare ,
  Du cœur le plus polu.
S'il ſuffit d'vne gouſte a nettoyer le monde
  Quelque taſche qu'il ait.
Qu'eſt ce que ne pourront les torrens qu'il de-
  bonde,
  Sur ce qui vous deſplaict ?
O Ieſus dont la face eſt apreſant voilée ,
  A mes yeux languiſſans.

Quand pourray-je affouuir cette ardeur aueuglée,
   · Que pour vous ie reffens ?
Afin qu'à defcouuert i'admire & ie contemple ,
   L'efclat de vos beaux yeux.
Dans le riche palais de voftre augufte temple,
   Auec les glorieux,

F I N.

PARAPHRASE
SVR L'EVANGILE DE
SAINCT IEAN.

A MONSEIGNEVR
L'ILLVSTRISSIME
ET REVERENDISSIME
PIERRE DE BERTIER
Euesque de Montauban.

ONSEIGNEVR

S'il Est vray que les grandes choses ne doi-uent estre presentées qu'aux grandes personnes comme dit S. Augustin ie treuue que i'ay eu grande raison de vous auoir offert cette Para-phrase, puis qu'elle contient les grandeurs les plus eminentes de l'Escriture saincte, & que vous possedés aussi celles, ausquelles on ne peut rien adjouster, non seulement pour l'esprit

ŏ 2

& la science, qui ne souffrent qu'à peyne de comparaison, mais singulierement pour le grand zele qui paroist dans le cours de vostre vie illustre,
auec tant d'auantage que les plus gens de bien
ne vous regardent qu'auec admiration, & n'es-
coutent vos predications que pour s'agrandir
d'auantage dans l'amour de la vertu, aussi auez
vous este choisi par la Prouidence eternelle, qui
ne fait rien en vain, mais qui dispose tout suaue-
ment en nombre, poids & mesure, pour ramener
vn peuple rebelle à la foy, & pour faire aduoüer
à l'heresie mesme, que vous estes grand, de quel
coste qu'elle vous considere, malgré la rage dont
elle anime ses partisans; que si i'ay pris la liberté
de vous donner cette petite Paraphrase dans des
si mauuais vers, ie me suis persuadé que la grandeur du subjet en couuriroit les deffauts, & que
vostre grande bonté aussi ne se seruiroit de sa lumiere que pour voir le grand desir que i'ay de
viure.

MONSEIGNEVR,

Vostre tres-humble & tres-
obeïssant seruiteur.
CLERMONT Prestre indig.

In Principio erat Verbum.

1. SONNET.

DEz le commencement le Verbe prit son
    eſtre
Selon noſtre façon d'apprendre & conceuoir
Car noſtre entendement ne ſçauroit le cognoi-
ſtre
Si par quelque raport on ne le luy faict voir.
  Et ce commencement où nous le faiſons naiſtre
Eſtant auant le temps comme l'on doit ſçauoir,
C'eſt dans l'eternité que noſtre diuin maiſtre
A pris donc ſon berceau auec tant de pouuoir.
  Mais quoy? que diſons nous parlant de ſa naiſ-
ſance
Qui ſera ſi hardy d'en prendre cognoiſſance
Si l'eternité ſeule eſt ſeule qui la ſçait ?
  O Verbe inconceuable encor que noſtre audace
Vueille parler de vous auec ſi peu de grace
Ne nous refuſés pas vn ſi rare bien-faict.

Et Verbum erat apud Deum,

2. SONNET.

Le Verbe eſtoit en Dieu puis qu'il a ſa ſem-
blance
Poſſedant les threſors de ces perfections
Auec qu'égalité d'honneur & de puiſſance

Inseparablement comme nous le croyons.
 Si le pere est content contemplant son essence
C'est parce que le Verbe à ces affections
Et si le mesme Verbe en a la connoissance
C'est parce que le pere oyt ses intentions
 Ainsi par indiuis s'ils sont deux en personnes
Ils n'ont qu'vne substance ineffable en couronnes,
Dans la simplicité d'vn estre bien-heureux
 Le Pere incessamment engendrant son cher
    Verbe
Dedans la verité, sans trouble n'y superbe
Auec tous les plaisirs qu'il possedent eux deux.

 Et Deus erat Verbum.

3. SONNET.

 Et le Verbe estoit Dieu parce qu'il est l'image
Le plus parfaict du Pere ayant tous ces raports
Dans la mesme beauté, dans le mesme auantage
Et le mesme bon-heur de ces diuins accords.
 Il est ainsi que luy tout parfaict & tout sage
D'autant qu'il luy depart tous ces diuins thresors,
Il a mesmes pensers, il à mesme langage
Et tous leurs atributs sont egalement forts.
 O merueille ineffable ! à iamais adorable
Que le Pere & le Fils soit l'estre inconceuable
Qu'on ne peut trop loüer n'y mesmes exprimer
 Car bien qu'ils soient distincts tous deux en
    leur personne
Le Verbe ne veut rien que le Pere n'ordonne
Et tous deux sont le Dieu que nous deuons ay-
  mer.

4. SONNET.

Et ce Verbe, ce Fils, ce beau miroir du Pere
Dés le commencement eſtoit toûjours en Dieu
Tout puiſſant immortel, tout brillant de lumiere
Sans occuper de place & ſans tenir de lieu.
 Là contemplant ſon eſtre en luy meſme il
  opere
Entouré des plaiſirs ſans borne n'y milieu
Auec tant de repos qu'en vain quelqu'vn eſpere
D'en auoir connoiſſance à moins que d'eſtre
  Dieu.
 Que ſi les Sainct au Ciel poſſedent quelque
  choſe
C'eſt vn petit rayon du feu dont il diſpoſe
Bien qu'ils ſoient abyſmés dans ſon immenſité
 Parce qu'ils ſont bornés de leurs propres li-
  mites ;
Ils ſont bien tous en Dieu, mais les plus grands
  merites
Ne contiennent que peu dans la Diuinité.

Omnia per ipſum facta ſunt,

5. SONNET.

Toutes choſes par luy ont le bien d'eſtre faictes
Meſme cét vniuers eſt l'œuure de ſes mains
Et comme il fit ce rond pour l'homme & pour les
  beſtes
Auſſi fit il le Ciel pour l'Ange & pour les Saincts.
 Le Soleil & la Lune & ces Clartés ſi nettes

Nous deſcouurent au iour la main qui les a peints
Tant de cheres faueurs qu'ils verſent ſur nos
  teſtes
Diſent que ces proiects ne furent iamais vains.
  Le nœud des elemens dedans leur Symetrie
Nous monſtrant ſa prudence auec ſon induſtrie
Ne nous preſchent-ils pas que luy ſeul les a
  faicts ?
  Nous meſmes admirant noſtre belle nature
Ne confeſſons nous point tout autant qu'elle
  dure
Que c'eſt vn racourcy de ces diuins bien-faicts ?

Et ſine ipſo factum eſt nihil.

6. S O N N E T.

  Sans luy le rien fut faict parce que ſes ouura-
  ges
Sont touſiours aſſortis de leur perfection
Et le rien n'eſtant rien qu'vne priuation
On ne ſçauroit le voir dedans ſes payſages.
  De plus c'eſt le Peché dont les triſtes ombrages
Ne ſortirent iamais de ſon inuention
Puis qu'il eſt ſon contraire & ſon auerſion
Qu'il va perſecutant iuſqu'aux moindres riuages.
  Ainſi qu'en vn moment il deſchaſſa des Cieux
Des Anges inſolens l'orgueil audacieux
Comme pareillement auſſi fit il a l'homme
  Qu'il bannit des douceurs qu'il poſſedoit iadis
Auec tant de rigueur qu'vn ſeul morceau de
  Pomme
Rauit à ſes Enfans cent mille Paradis

Quod factum est in ipso vita erat,

7. SONNET.

Ce qui fut faict en luy c'estoit vrayement la
    vie
Puis qu'il anime tout ce qui vit icy bas
La fraicheur dont les fleurs colorent leurs apas
Est vn tesmoin fidelle, esloigné de l'enuie.

    Ce nombre d'animaux que sa bonté conuie
A prendre tous le iours tant de diuers repas
Ces Poissons, ces Oyseaux, ne se meuuent ils pas
Afin que de son los leur vie soit suiuie ?

    Et l'Homme ce beau tout void il pas dans son
    corps
Qu'il a de luy la vie auec tant de thresors
Ainsi que le ruisseau qui roule dans sa course ?

    Car si nous ne viuons que de ses chers presens
Si tout respire icy dans ses airs complaisans
La vie est elle pas en luy comme en sa source ?

Et vita erat lux hominum,

8. SONNET.

Et cette vie estoit la lumiere des Hommes
Non pas tant seulement en nous donnant le
    iour
Par les raiz du Soleil lors qu'il est de retour
Le matin qu'il paroist dans les lieux où nous
    sommes
Mais bien par le beau feu duquel tu nous con-
    sommes
Vnique S. Esprit vraye source d'amour

              ü

Dont les ardens raÿons luifants dans ce feiour
Ne ceffent d'efclairer mefme nos amertumes.
   O vie de nos cœurs ! ô brillante clarté
Qui du Pere & du Fils es l'amour arrefté
N'eftant qu'vn auec eux bien que tierce perfonne,
   Eternel, Immortel, inuifible, fans lieu,
Dont l'extreme bonté inceffamment nous donne
Les clartés qu'il nous faut pour n'adorer qu'vn
   Dieu.

Et lux in tenebris lucet ,

9. SONNET.

   Et la lumiere efclaire au milieu des tenebres
Car l'efprit qui procede & du Pere & du Fils
Fut enuoyé du Ciel comme il l'auoit promis
Par des langues de feu fur des teftes celebres,
   Et parut auffi toft fur le bord de leurs leures
Pour diffiper la nuict des efprits obfcurcis,
Qui par toute la terre eftoient fi fort tranfis
Qu'on ne voyoit par tout que des torches fune-
   bres.
   En efclairant les yeux il embrafoit les cœurs
De tous ceux qui viuoient enuelopez d'erreurs
Et dans l'obfcurité d'vne grand mefcreance ;
   Que fi tant de milliers ont acquis ce bon-heur
De fuiure la beauté que rendoit fa lueür
Plufieurs ont demeuré pourtant dans l'igno-
   rance.

Et tenebræ eam non comprehenderunt.

10. SONNET.

Les tenebres Helas ! ne l'ont iamais comprife
N'y n'ont iamais peu voir la beauté de fes feux
Parce que les Iuifs furent fi mal-heureux
Qu'ils reiettèrent loing les loix de fa franchife

Encor qu'ils ait cogneu que fa clarté reluife
Et porte dans les yeux fes rayons amoureux
Preferant leurs erreurs à fes brillans fameux
Ils ont mieux eftimé de fuir fon Eglife.

Ô Payen ! ô Iuif ! ô Chreftien infolent,
Méprifes tu Iefus qui va t'illuminent
Lors mefme qu'il fe meurt afin de te deffendre ?

Quel reproche fanglant te fera t'il vn iour
Qu'il t'ait voulu donner fon fang & fon amour
Sans mefme que ton cœur l'ait voulu iamais
prendre ?

Fuit homo miſſus à Deo , cui nomen erat
Ioannes.

11. SONNET.

L'on vit pareftre vn Homme enuoyé de Dieu
mefme
Lequel portoit le nom & le tiltre de Iean
Duquel noftre Sauueur ce cher Verbe Supreme
Protefta qu'il eftoit de Hommes le plus grand.

C'eftoit vn Ange en terre en fa rigueur extreme
Qui poffedoit la grace ainfi qu'vn Ocean
Pourtant qui fe croyoit fi petit en luy niefme
Qu'il n'eftoit qu'vne voix qui frape le timpan.

ü 2

C'est luy qui dans les flancs d'vne mere steri e
Sçeut adorer son Dieu d'vn mouuement tran-
    quile
Afin de l'obliger de l'adorer aussi.
Et fut sanctifié dedans telle innocence
Qu'encor qu'il ait vescu tousiours en penitence
Le Peché cependant ne l'a iamais noircy.

Hic venit in testimonium, vt testimonium per-
    hiberet de lumine,

12. SONNET.

Celuy-cy vint pour estre vn tesmoin veritable
Afin que tout le monde aprit que la clarté
Qui lançoit tant de iour dedans l'obscurité
Respandoit ces Rayons sur la terre habitable.
Ce Iean duquel la vie estoit inimitable
Tant pour l'austerité que pour la saincteté
Deuoit monstrer l'Agneau dedans sa pureté
Au temps que l'ignorance estoit la plus palpable.
Ce grand Anachorete habillé de Chameau
Comme vn Diuin Aleide entamoit le cerueau
Par le glaiue trenchant de sa parole entiere.
(Si des Monstres d'erreur il estoit occupé)
Qu'il faisoit aduoüer au moins deuelopé
Qu'il estoit le tesmoin du Dieu de la lumiere.

Vt omnes crederent per illum.

13. SONNET.

Afin disie que tous eussent par luy creance
Et vinssent adorer cette ayinable lueur

Qu'il alloit deuençant & de bouche & de cœur
Comme l'Aurore faict, le iour qu'elle commence.

Son zele fut si grand qué meü de sa prudence
Il entra dans la Cour pour dire au Roy Pe-
cheur
Qu'il n'estoit pas permis d'aymer sa belle sœur
Auec tant d'escandale & dans telle insolence.

Quoy qu'il sçeut qu'en faisant ce genereux
effort
Il alloit a grands pas dans le lict de la mort
Il ne cessa iamais pourtant de le reprendre.

Parce qu'il preuoyoit que par necessité
Tous ceux qui de sa mort pourroit l'histoire
aprendre
Sçauroient qu'en s'esteignant il monstroit la
clarté.

Non erat ille lux, sed vt testimonium perhibêret
de lumine.

14. *SONNET.*

Il n'estoit que l'esclat de la belle lumiere
Qu'il alloit annonçant au monde à cœur ouuert
Comme le Precurseur qui marquoit la Carriere,
Et les pas que son Dieu feroit à descouuert.
Comme sa vie fut à tous si familiere
Que le moindre pouuoit le voir dans le desert
Souffrit il pas aussi que Sion la premiere
De son illustre mort entendit le concert ?
Grand Sainct dont les rayons manifestent la
vie,
Et les grandeurs encor dont elle fut suiuie

Depuis que voſtre mort en fut l'Auguſte ſon,
 Si vous eſtiez la voix du Verbe inconceuable
Herode l'oyra t'il ? ce monſtre deteſtable?
 Si le Verbe eſt muet a t'il quelque raiſon ?

Erat lux vera, quæ illuminat omnem hominem
venientem in hunc mundum.

15. SONNET.

 Ce Verbe eſtoit l'eſclat illuminant encore
L'Homme qui vient à naiſtre aueques tant de
   pleurs
Lors que par le Bapteſme il nous flate & decore
De ſa diuine grace au milieu des langueurs.
 Quoy que ſortis du tronc lequel le deshonore
Il ne nous priue pas de ces douces faueurs
Innocens, Criminels pour lors il nous honore,
Et nous donne ſans nous les biens de ſes gran-
   deurs :
 Comme nous n'auons pas Peché qu'en noſtre
   Pere
Son ſang nous donne auſſi la grace qu'il opere
Sans auoir recueilly noſtre conſentement,
 Et les Diuins rayons de ſa brillante flame
Venant à s'imprimer dans le fonds de noſtre
   ame
Impriment ſur nos fronts noſtre eſlargiſſe-
   ment.

In mundo erat, & mundus per ipsum factus est

16. SONNET.

Il estoit dans le monde encor que de ses mains
Il eust basti tout seul sa grande masse ronde
Non pas dans les deffauts que les sales humains
L'estalent aujourd'huy ridicule & immonde.

Mais dans la pureté que ses heureux desseins
De tout temps l'auoit faict dans l'Idée feconde ;
Luy de qui les projets ne furent iamais vains
Ont eu pourtant besoin d'vne forme feconde.

Puis qu'il s'est veu forcé par les loix de l'a-
mour
Luy mesme d'y venir pour y donner le iour
Et pour y cimenter par son sang adorable,

Les diuers croulemens que le monde auoit faicts
Dedans le monde mesme aucques tant d'excés
Que ce monde alloit bas par le monde cou-
pable.

Et mundus eum non cognouit.

17. SONNET.

Et ce monde maudit ce traistre, vain, infame,
Fut si fort aueuglé qu'il ne le connut pas ;
Encor que tous les iours il instruisit son ame,
Il ne voulut iamais marcher dessus ses pas.

C'estoit le Dieu d'amour dont les yeux pleins
de flame
Lançoëit incessamment des regards pleins d'apas
Cependant ce beau monde en fuyant son dicta-
me

Couroit les yeux ouuerts dans le sein du trepas;
  Mais ie m'étonne peu de voir si reuerie
Ce n'est pas pour ce monde (à ce qu'il dit)
    qu'il prie
Parce que mesme encor s'il tache de le voir,
  Ce n'est pas pour l'aymer ny pour luy faire
  offrande
Mais bien pour se mocquer d'vne bonté si grande
Qui le souffre pecher auec tant de pouuoir.

In propria venit, & sui eum non receperunt.

18. SONNET.

  Il vint naistre chez luy quand son illustre race
Fut ingrate à ce point qu'elle le reietta
Celuy qui dans la mer auoit frayé la trace
En sechant l'onde en l'onde elle le rebuta,
  Luy qui dans les deserts la nourrit de sa grace
Par la Manne , & les eaux ; les Serpens qu'il
    dompta,
Ce souuenir se perd aujourd'huy qu'elle efface
Tant de rares bien-faicts qu'elle mesme chanta.
  Deplorable Sion tu ne veux pas cognoistre
Ce Soleil lumineux lequel te vient paroistre
Combien que tes docteurs prosnent que tu l'at-
    tends?
  Quelque iour que tes yeux absens de sa lu-
  miere
S'ouuriront pour chercher le brillant qui t'éclaire
Tu verras ton mal-heur & non pas ce beau
    temps.

Quotquot autem receperunt eum, dedit eis po-
testatem filios Dei fieri,

19. SONNET.

Tout autant qui d'vn cœur maniable & soub-
mis
L'ont voulu receuoir ont eu tous la puissance
D'auoir non seulement le rang de ses amis
Mais celuy des Enfans pour viure en sa presence.

Sa bonté qui ne sçait que c'est que d'ennemis
Venant à rencontrer les lieux de l'Indigence
Sans cesse va donnant plus qu'elle n'a promis,
Pourueu qu'on vueille aymer sa corne d'abon-
dance:

Ce cher petit troupeau qui vint ouurir les yeux
Pour voir la Majesté du Verbe precieux
Reçoit dessus la terre aujourd'huy tant de gloire.

Que la pompe des Roys se prosterne à genoux
Pour baiser les Liens qu'au Temple de memoire
Dans nos necessitez nous esprouuons si doux.

His qui credunt in nomine eius

20. SONNET.

Tous ceux qui veulent croire en son nom ado-
rable
Il leur a faict present de tout ce que dessus
Comme ses fauoris il les met à sa table
Et les nourrit du pain que mangent ses esleus.

Icy bas il leur donne vn prix inestimable
Les faisant comme luy des maux victorieux
Subiugant des Demons la rage inexorable

Auec tant de plaifir qu'il fe mefle auec eux.
 Les autres pour dompter leurs paffions extremes
Il leur aprend vn art qui vaut les Diademes
Remourant tous les iours pour viure auequesluy,
   Par des fi doux tranfports que leur gloire s'at-
      tache
A chercher les mefpris & tout ce qui les cache
Ainfi que le rebut & l'obiect de l'ennuy.

Qui non ex fanguinibus,

21. SONNET.

   Ce n'eft pas à ceux là qui dans le parantage
Refpandent les threfors qu'il leur a departis
Qui ne prennent fes biens que pour leur cher
      lignage
Sans fonger aux mourans tant ils font abrutis.
   Non ce n'eft pas pour eux qu'il a quelque
      auantage
Depuis qu'ils ont leur cœur tellement my-partis
Qu'ils ne peuuent dompter n'y vaincre leur cou-
      rage
Lequel dans l'intereft les retient engloutis.
   A moins que de quitter ainfi qu'il le confeille
Tout ce qui nous retient par le cœur & l'oreille
Nous ne deuons pretendre au rang de fes amis.
   Nul ne peut pas feruir iamais à diuers maiftres
Si nous voulons le fuiure abandonnons ces trai-
      ftres
Lefquels comme parens font nos vrais ennemis.

Neque ex voluntate carnis,

22. SONNET.

N'y tous ceux dont le cœur ne vit que dans la
    chair
Ne peuuent esperer iamais son heritage
Parce qu'ils ne sçauroient iamais le rechercher
Dedans la pureté que le cherche le sage.
    C'est pour cette raison qu'on a veu se cacher
Dans les vastes deserts de l'Egipte sauuage
Tant d'Hômes qui n'auoiët sdãs l'ame rien si cher
Qu'à dompter de leurs fiãcs, l'aiguillon & la rage.
    Les Cloistres que l'on void de tous costés
        semés
De tout sexe à ces fins fortement animés
Ne son ce pas des lieux & des accademies
    Où l'on dompte la chair & ses emotions
Par les freins rigoureux qu'on faict ses ennemies
Comme les jeusnes font auec les oraisons ?

Neque ex voluntate viri

23. SONNET.

Non plus que tous ceux là qui viuant en eux
    mesme
Ne reçoiuent des loix que celles qu'ils se font
Mesprisant les Conseils que le Sauueur luy
    mesme
A donnés si parfaicts dans son sçauoir profond.
    La hayne de son ame est plus qu'vn Diademe
Vaincre son iugement alors qu'on le confond
C'est estre souuerain d'vn Royaume supreme

Et regner comme SainⒸts dans le pouuoir qu'ils
    ont.
    Heureux qui tous les iours gagne quelque vi-
    ⒸToire
Deſſus ſon amour propre en tant qu'il prend la
    gloire
Que nous poſſederions dedans l'eternité.
    Car ſi nous prenons garde à ſa noire malice
Nous verrons que luy ſeul eſt l'infame complice
Qui nous priue à iamais de la felicité.

Sed ex Deo nati ſunt

24. SONNET.

    Mais bien ceux qui pour Dieu ſont heureu-
    ſement nais
Heriteront l'honneur de l'aymer & le ſuiure
Auec tous les plaiſirs de ces predeſtinés
Qui ſont certainement eſcrits dans ſon grand
    liure.
    Parce qu'ils ne ſe ſont iamais abandonnés
Au ſang moins à la chair dans leur forme de viure
Que leurs ſoins & leurs ſens ils ont comme en-
    chaiſnés
Leur monſtrant vn viſage & de bronze & de
    cuiure.
    Ainſi victorieux de tous leurs ennemis
Ils ſeront ſes Enfans & ſes rares amis
Gouſtant des cette vie vne vie celeſte,
    Pleine de ſes faueurs & de tranquillité,
Que ſi dans les ennuys leur cœur eſt arreſté
Ce ſeront des ennuys qui n'ont rien de funeſte.

25. SONNET.

Et le Verbe Diuin a pris la chair humaine
Dans les pudiques flancs d'vne Vierge sans pair
S'habillant en vassal pour faire souueraine
Celle qui se croyoit moins qu'on n'en peut
    parler.

   Luy qui regne tousiours auant le temps sans
    peine
Espouse dans le temps nostre fragile chair
Embrassât ses rigueurs & les soins qu'elle traisne
Sans vouloir estre exempt des iniures de l'Air.

   O Merueille inouye ! ô bonté sans exemple!
Que celuy qui tient tout s'enferme dans vn temple
Pour parestre mortel, passible comme nous.

   Pour le sein de Marie il sort du sein du Pere
Sans quitter n'y son rang n'y l'ordre qu'il tempere
Dans l'ordre merueilleux qu'il nous gouuerne
    tous.

Et habitauit in nobis,

26. SONNET.

   Voir il habitera desormais dans nous mesme
Puis qu'il a faict vn coup de son inuention
Dans le Sainct Sacrement où son amour extreme
Nous donne ce qu'il est auec profusion.

   Qui le croiroit ô Dieu ! que vous estant su-
    presme
Daignez entrer chez nous pour faire l'vnion
Auec nos pauures cœurs qu'ils changent en vous
    mesme

S'ils veulent correspondre à vostre affection ?
   N'estoit ce pas asses de vous estre faict Homme
Pour nous guerir du mal de ce morceau de
   Pomme
Sans vouloir encor estre vn tel mourceau pour
   nous ?
      Ha ! ie voy vostre amour qui n'aura point de
      cesse
Iusqu'à tant qu'il nous fasse auec cette largesse
D'Hommes vils & Pecheurs des Dieux grands
   comme vous.

Et vidimus gloriam eius,

27. *SONNET.*

   Et nous qui vous parlons vismes nous pas sa
   gloire
Sur le mont de Tabor qui vint nous esblouyr ?
Dont l'esclat fit paslir c'est Astre si notoire
Luy faisant aduouër qu'il deuoit s'enfuir.
   Vrayement ce fut alors qu'il laissa la memoire
Dans nos yeux qu'il estoit le Dieu qu'il faut ouyr
Si nous voulons vn iour de ses voluptés boire
Dans les Torrens sacrés qu'il nous fera iouyr,
   O Souuenir heureux ! ô veüe incomparable !
Pour le bien raconter ie n'en suis pas capable
Car à peine en puis-je tracer quelque crayon.
Il faudroit que luy mesme entreprit de le faire
Et que dans vos esprits il lançat vn rayon
Afin de vous monstrer l'honneur de ce Mystere.

28. SONNET.

Sa gloire reſſembloit au Sacré Fils du Pere
Parce qu'il eſt l'Image enfermant ſes threſors
Ayant les meſmes biens faiſant ce qu'il peut faire
Aymant tout ce qu'il ayme & dedans & dehors.

   Mais ô Dieu mes diſcours ſont bas pour ce
   myſtere
Et mes yeux auec eux different en accords
Puis qu'ils en ont tant veu qu'il vaudroit mieux
   me taire
Que d'en faire à preſant de ſi foibles raports

   Pardon grand Dieu, pardon, ſi ma langue begaye
Et ſi ie ne puis pas dire ce qu'elle eſſaye
Car pour parler de vous il faudroit eſtre Dieu.

   Il faudroit diſ-je auoir vne plume Diuine
Pour peindre voſtre gloire auec ſon origine
Puis que nul ne le peut dignement en ce lieu.]

Plenum gratiæ

29. SONNET.

   Il eſtoit plein de grace autant que le peut eſtre
Celuy qui fut touſiours l'Adorable beauté
Non pas tant ſeulement auant que de pareſtre
Mais encores auſſi dans ſon humanité.

   Que n'ay ie le pinceau pour le faire connoiſtre
Comme ie le voudrois à la poſterité !
Ie ferois vn tableau ſi beau de mon cher maiſtre
Que ceux qui le verroient, verroient ſa Majeſté.

   Ie ferois voir ces yeux reſpandant leur lumiere

Et les charmes Diuins que cache leur paupiere
Capables de forcer tous les cœurs apres luy.

Auec tant de plaifir que l'ame moins humaine
Treuueroit dans ces fers vne fi douce peine
Qu'elle prefereroit au monde leur ennuy.

Et veritatis.

30. SONNET.

Eftant fi plein de grace & de tant de beauté
Qu'il eft plus beau qu'aucun des Hommes nais
 au monde
Il eft auffi remply de tant de verité
Qu'elle eft inconceuable autant qu'elle eft pro-
 fonde.
Il n'eft iamais menteur & n'a pas emprunté
Son corps comme l'efcrit quelque erreur vaga-
 bonde
Il eft fur nos Autels dedans fa Majefté
D'autant qu'il nous la dit par fa bouche feconde.

Aymable verité qui ne pouués faillir
Non plus que vos attraits s'effacer n'y vieillir
Vous nous auez promis d'eftre à tous fecourable.

Lors que dans nos langueurs nous courrions
 droit à vous
Voyés les Touloufains comme nous à genoux
Qui vous fommõs tous d'eftre à prefent veritable.

FIN.